PREMIER ENVOL

Du même auteur,

dans la même série :

Épisode un : *Premier contact* (août 2017)

Épisode deux : *Premier envol* (février 2018)

Épisode trois : *Première sortie* (à paraître prochainement)

Chez le même éditeur :

Les Chroniques Kyfballiennes :

Livre premier : *Le Jour du dernier espoir* (décembre 2016)

Livre second : *Kyfball connection* (à paraître prochainement)

Contact : contact@slecocq.fr
Site Web : www.slecocq.fr

Sébastien Lecocq
TURBO-CITY LIVES

ÉPISODE DEUX
PREMIER ENVOL

© 2018 Sébastien Lecocq/Sébastien Lecocq

Illustrations de couverture et illustrations internes : Chris Lawgan
Logo (page 2) : Nthinila Phumaphi
Photographie de Margot Becka

Edition : BoD - Books on Demand
12/14 rond-point des Champs Elysées
75008 Paris
Imprimé par BoD – Books on Demand, Norderstedt
ISBN : 978-2-3220-9982-5

Dépôt légal : Février 2018

*À Nathalie, Bruno, Fred et Denis,
sans qui rien n'aurait jamais commencé !*

AVANT-PROPOS

Quand je me suis lancé dans l'écriture du premier volume[1] de cette trilogie, j'avais bien évidemment déjà prévu les grands événements de ce deuxième épisode et ceux qui se dérouleront prochainement dans le troisième tome.

Pourtant, au fur et à mesure de mon écriture, Savannah et Niki (ainsi que Blue ou encore Dirk) ont décidé de suivre « seuls » un autre chemin pour être amenés là où je voulais les conduire. Et je dois dire qu'au final je suis content qu'ils aient choisi leur voie.

---

[1] Intitulé *Premier contact* et toujours disponible en librairie.

Les idées se sont souvent multipliées au fil des pages et m'ont déjà permis d'entrevoir ce que sera leur prochaine vie après la fin de ce premier voyage. Les nouveaux protagonistes qu'ils croiseront sur leur route et leurs destinations à venir n'attendent déjà plus qu'eux.

Cela me permettra de développer le monde dans lequel elles vont continuer de vivre, mais aussi et surtout d'envisager des histoires bien différentes de mes *Chroniques Kyfballiennes* qui continueront de se dérouler dans un espace chronologique éloigné et davantage axé sur d'autres personnages aux préoccupations plus distantes et bien moins « terre à terre » que celles de nos deux héroïnes.

Avant de parler plus en détail de ce qui va suivre, j'aimerais de nouveau remercier l'artiste Chris Lawgan pour son implication totale quant à la réalisation visuelle des pages internes, mais aussi des illustrations de couverture qui complètent à merveille la vision que j'avais en tête pour ce nouvel épisode. Et je suis heureux de savoir qu'il continuera encore un peu à suivre le même chemin que moi pour une partie du prochain volume. Sans lui, le résultat final ne m'aurait pas autant satisfait qu'aujourd'hui !

Un monstre sanguinaire à présent en liberté dans les rues de la basse ville de Turbo-City. Un assassin ivre de revanche qui ne pense qu'à éliminer sa nouvelle cible dans le but de laver son honneur. Une jeune télépathe qui découvre étrangement ses nouvelles facultés en entrant en contact avec une voleuse insouciante qui se voit déjà voler dans le ciel bleu et pollué de la grande ville haute. Des membres enragés d'un fan-club d'une équipe mineure de Kyfball qui pensent pouvoir passer une nuit à assouvir leurs penchants violents en toute impunité et finalement une androïde dévouée qui suit à la lettre les protocoles pour lesquels elle a été programmée.

Voilà la situation où nous avions donc laissé nos différents protagonistes à la fin du premier épisode.

Aujourd'hui, quelques semaines plus tard, Savannah Wilsey, la voleuse, a toujours ses rêves fous en tête et compte bien les réaliser. Pourtant elle ne se doute toujours pas de ce que lui prépare le tueur Dirk Valentine, ni de ce que la jeune héritière d'une des plus puissantes maisons de la ville pourrait lui apporter. Sans parler des cadavres qui continuent de se multiplier, par sa faute, dans les ruelles les plus sombres de son quartier...

Alors que le premier épisode n'était qu'une petite introduction aux différents personnages, les choses vont un peu baisser en cadence pour me permettre de développer davantage les liens qui unissent nos protagonistes les uns aux autres « individuellement ».

Je voulais aussi ralentir un peu le rythme aujourd'hui pour me permettre d'axer davantage le récit sur Niki qui était restée en retrait précédemment. Blue est le troisième personnage phare, et l'équipe pourrait encore s'agrandir prochainement...

Mais surtout, je souhaitais donner davantage de lumière sur les événements du passé qui ont fait d'elles ce qu'elles sont aujourd'hui. Pour pouvoir aussi leur donner plus d'épaisseur et enfin éclaircir certaines zones d'ombre. Bien évidemment, beaucoup de questions resteront en suspens à la fin de ce volume, mais la voie qu'elles vont emprunter prochainement sera bien plus évidente, quoique...

Moi-même je n'avais pas imaginé certaines de ces péripéties avant qu'elles n'y soient embarquées. Alors est-ce que leur chemin est vraiment tout tracé ? Rien n'est moins sûr.

J'espère simplement que ce qui va suivre vous permettra de les apprécier davantage et vous donnera envie de les connaître plus avant dans les mois à venir !...

S.L.
Février 2018

PROLOGUE
DE MULTIPLES INTERROGATIONS

Turbo-City, manoir des Vickers, 3 mars 2092

Cela faisait déjà plusieurs semaines que la jeune Niki Vickers s'interrogeait sur l'incontrôlable Savannah Wilsey, avec qui elle avait eu un premier contact psychique très étrange. Depuis lors, elle n'avait jamais quitté la riche demeure que lui avait légué son père, et qui se trouvait perchée dans les hauteurs dominantes du quartier ouest de la ville de Turbo-City.

Les images continuaient de se mélanger dans son esprit, et elle ne comprenait toujours pas comment ce contact avait pu être possible. Lorsque la jeune adolescente avait réussi à communiquer de la sorte avec sa meilleure amie Angélique Gauthier, elles avaient toutes deux d'abord effectué un branchement neuronal direct. Et il leur avait ensuite fallu des semaines pour arriver à ressentir puis partager l'une et l'autre leurs pensées réciproques.

Plusieurs semaines supplémentaires avaient ensuite été nécessaires pour qu'elle puisse voir à travers les yeux d'Angie, et tout autant pour pouvoir parfois prendre le contrôle partiel de son corps à distance.

Elle n'avait que rarement pu le faire sans le consentement direct de son amie proche. Celle-ci s'abandonnait alors à elle en portant un relais neuronal amplifié, qu'elle activait pour une communication plus aisée.

Cela n'avait pas été sans contrepartie pour Angélique, qui avait souvent souffert de migraines aiguës et de légers saignements de nez qui l'empêchaient parfois de bouger pendant plusieurs jours d'affilée. Sans compter les pertes de connaissance fréquentes ou les hémorragies cérébrales discontinues, qui les avaient contraintes à restreindre de plus en plus ces expériences extrêmes, surtout lorsque sa camarade s'était affaiblie à tel point qu'elle ne pouvait plus quitter ses appartements privés.

Et puis pourquoi et comment une jeune délinquante, sans abri, avait-elle pu lui laisser son esprit ouvert à une si grande distance, sans qu'aucune d'entre elles n'ait vraiment conscience de ce contact intime ?

Elle allait fêter sa majorité lors de son seizième anniversaire dans quelques jours, mais cela n'avait absolument rien à voir. De plus, aucun nouveau contact n'avait eu lieu depuis cette nuit de-

janvier[2], et cela était tout aussi étrange que le reste. Elle pesta à nouveau contre elle-même alors qu'aucune réponse ne lui vint à l'esprit, une fois de plus.

Sa compagne androïde, Blue, se trouvait une nouvelle fois à ses côtés. Elle la regardait sans dire un mot, alors que la jeune fille brune posait un regard noir sur l'holo-écran gigantesque qui se trouvait devant elles.

Les données continuaient d'affluer en continu sur plusieurs mètres. La pièce circulaire ne comportait aucune décoration superflue. Seul un boîtier de commande trônait au milieu de cette salle d'étude et de recherche qui était devenue le lieu quasi exclusif dans lequel Niki aimait encore apparaître, en dehors de sa chambre ou de la salle à manger, pour des raisons purement nécessaires.

« Père » était devant elle et ne lui apportait à nouveau aucune information susceptible de l'aider dans ses recherches. Depuis que le cortex neuronal de son géniteur biologique avait été transféré dans la machine pour devenir une intelligence artificielle indépendante, il restait le seul contact « à la réalité » de l'adolescente en dehors de Blue, et des autres drones intelligents du domaine.

Le visage holographique en trois dimensions, légèrement bleuté, d'un homme barbu en pleine force de l'âge et aux traits chaleureux la regardait, interrogateur, sur le côté gauche du pupitre. Il prit à nouveau la parole d'une voix rassurante pour répondre aux interrogations de sa fille :
— Je suis désolé ma chérie, il n'y a aucune nouvelle information disponible aujourd'hui sur les agissements de Savannah.

---

[2] Voir l'épisode un, *Premier contact*, pour découvrir les événements précédents en détail. Il est actuellement disponible en librairie.

— Merci père, mais cela continue de m'agacer au plus haut point.

— Je le sais bien mon cœur, mais les chances de retrouver sa trace ne sont que de zéro deux pour cent…

— Arrrhh. J'y arriverai, j'en suis persuadée. Ce n'est qu'une question de temps et…

L'androïde aux courbes parfaites et à l'apparence métallique d'une finesse incomparable coupa sa protégée avant qu'elle n'eût fini sa réflexion :

— Miss Niki, peut-être est-ce le moment opportun pour faire une pause et vous reposer un peu. Une tasse de thé réhydratant pourrait vous faire le plus grand bien.

— Un thé ? Tu es sérieuse, Blue ? la reprit cette dernière en activant la commande se trouvant sur la droite de son fauteuil. Celui-ci fit immédiatement une rotation à quarante-cinq degrés pour que sa passagère puisse se retrouver face à son interlocutrice.

La jeune femme avait perdu l'usage de ses membres inférieurs dès sa naissance suite à une lésion sur la moelle épinière au niveau dorso-lombaire. Elle ne se déplaçait que grâce à différents dispositifs sur coussins d'air, électriques, mécaniques ou dans les bras de sa protectrice.

On lui avait toujours refusé la pose de prothèses augmentiques, mais cela pourrait bien changer prochainement, lorsqu'elle aurait enfin le pouvoir de prendre des décisions seule, sans l'aval indispensable de son père.

Le robot doté d'une intelligence propre regarda de ses yeux dorés vers la dernière descendante des Vickers et se rapprocha tendrement de cette dernière en continuant :

— Bien sûr que oui, mademoiselle. Cela fait déjà plus de six heures que vous êtes ici, à visualiser les caméras de sécurité implantées dans les zones 49 et 51 du quartier nord de la ville.

L'adolescente réfléchit un instant en regardant les formes argentées de son androïde et finit par admettre que le temps d'une pause était peut-être venu.

— Très bien Bee, tu as gagné. Père, passez aux zones 50 et 52 et alertez-moi si vous trouvez quoi que ce soit d'intéressant.

— C'est noté, mon ange. Je m'en occupe de suite. La machine avait gardé tous les signes d'affection qu'avait pu avoir l'être humain envers sa fille de son vivant. Il lui arrivait même parfois de prendre une apparence complète lorsque cette dernière se déplaçait à l'air libre dans les jardins fleuris que sa femme leur avait légués à son décès durant l'accouchement de Niki.

Les deux compagnes franchirent les portes de la salle, qui se refermèrent derrière elles. L'IA enclencha alors le protocole de recherche dans les deux zones mentionnées par la seule véritable propriétaire des lieux.

Quelques heures plus tard, Niki Vickers fut réveillée brusquement alors qu'elle se trouvait en suspension, allongée sur le dos, dans un bain relaxant. Un son strident se répéta plusieurs fois dans la salle d'eau, qui possédait des marbres parfaitement entretenus. Le jacuzzi ovale qui trônait au milieu de la pièce émettait des remous apaisants, que la jeune adolescente appréciait tout particulièrement lors de ses moments de stress important. Les huiles parfumées associées au savon dilué complétaient à merveille leur bienfait relaxant sur son corps et son esprit. Il pouvait lui arriver de rester plusieurs heures en semi-léthargie dans sa solitude réparatrice.

Malheureusement, elle ouvrit les yeux alors que Blue ne se trouvait pas à ses côtés et que l'alarme continuait de sonner. Les quelques appliques murales aux lumières tamisées d'un bleu nuit peu prononcé ne lui permettaient pas de voir où pouvait être sa gardienne. Essuyant son visage d'un revers de main rapide, l'adolescente toussa pour recracher le peu de liquide avalé pour se relever.

— Blue, que se passe-t-il ? demanda-t-elle alors en essayant de se relever sur les rebords froids de la grande baignoire.

La porte s'ouvrit enfin et l'androïde apparut dans l'entrebâillement fortement éclairé derrière elle.

— Miss Niki, votre père a retrouvé la trace de Savannah Wilsey. Ou plutôt d'un homme qui est à sa recherche. Un dénommé Dirk Valentine qui se fait aussi appeler "No'Eyes". Il…
— Attends, attends, Blue. Sors-moi de là et donne-moi de quoi me sécher avant de continuer, l'interrompit sa protégée.
— Oui bien sûr mademoiselle, pardonnez-moi.

Le robot polyvalent exécuta aussitôt les ordres et s'affaira à donner une grande serviette épaisse qui était suspendue non loin du jacuzzi à sa protégée au teint laiteux, qui essayait de s'extirper tant bien que mal de son bain à remous.

Commençant à la lever, la tenant quelques instants avant de la prendre dans ses bras pour la porter vers son fauteuil électrique, la droïde la contempla encore nue en train de finir de s'essuyer, hésitant à reprendre la parole. Finalement alors qu'elle lui donnait une fine tunique de lin blanc, elle vit le signe de tête de cette dernière à son intention, pour l'intimer à finalement continuer son début d'explication.

— Le dénommé "No'Eyes" est un ancien tueur à gages du district nord. Il vient de lancer une nouvelle reconnaissance d'individu correspondant à Savannah Wilsey. Il semblerait qu'il soit à sa recherche depuis plusieurs semaines déjà. Votre père a retrouvé sa trace au moment où il s'est connecté aux serveurs des Sections du Crépuscule[3], mademoiselle.

— Il a réussi à s'introduire dans leurs bases de données ?

— Non mademoiselle, il a un accès direct à leurs fichiers. Il semblerait…

— … qu'il travaille pour ces sales fascistes ! Très bien, et ensuite ?

— Peut-être serait-il préférable que père vous explique tout.

— Oui, tu as raison, rejoignons-le tout de suite !

La jeune femme finit par s'habiller non sans avoir remarqué le trait d'affection que venait d'avoir sa protectrice envers son créateur.

Les explications furent courtes et concises. Niki Vickers apprit en détail les recherches menées par l'assassin, dont le cursus professionnel était fortement lugubre et détestable. Il avait à son actif des dizaines d'exécutions et de contrats accomplis dans le sang. Pourtant, elle s'interrogeait déjà quant aux motivations qui le poussaient à retrouver la jeune femme qu'elle recherchait aussi.

Pour l'heure, ce détail n'était pas primordial et elle demanda à la machine s'il avait enfin réussi là où elle avait échoué.

---

[3] Les Sections du Crépuscule (SDC) sont les principales forces gouvernementales de Turbo-City, aussi bien en tant que force policière d'appoint (uniquement pour des interventions extrêmes) que militaire. Elles sont divisées en différentes unités spécialisées structurellement de taille plus ou moins importante.

— Non, ma chérie. Il semblerait que notre tueur n'ait pas encore rencontré le succès dans son entreprise. Je me suis introduit dans sa propre base personnelle, et les diverses pistes qu'il avait ne l'ont mené nulle part.

— Hum, bien. Et les informations des SDC ?

— Peu concluantes. Elles ne possèdent aucune fiche casier sur miss Wilsey selon les retours reçus par notre homme.

— Bien. Le contraire aurait été tout de même très étonnant. Est-ce que ce Valentine a conclu des contrats depuis ma liaison sensorielle avec la voleuse ?

— Non. Il a même refusé plusieurs contacts.

— Une fiche signalétique sur cet individu abject ?

— Là encore c'est négatif. Je peux simplement dire qu'il possède une armure de modèle Absolom 2022.

— Mais alors peut-être a-t-elle un lien quelconque avec l'un de ses anciens contrats ?

— Non, là encore je ne vois aucun lien, à moins que... Après quelques secondes, la machine reprit la parole sur un ton bien plus enthousiaste :

— Oui, tu as raison. Il a commencé sa recherche quelques heures après son dernier contrat terminé... Le jour de votre premier contact psychique !

CHAPITRE PREMIER
DESTINS CROISÉS

Turbo-City, zone 53 quartier nord, 3 mars 2092

Savannah Wilsey était une jeune femme au physique athlétique. Svelte, musclée et de taille moyenne, elle possédait un long visage fin, presque angélique, terminé par une chevelure blonde aux teintes claires qui était nouée en une longue queue-de-cheval. Une petite mèche de cheveux lisses couvrait légèrement ses grands yeux verts qui se reflétaient sur le plan de travail métallique sur lequel elle était concentrée depuis plus d'une heure.

Le petit atelier qu'elle avait réussi à monter sur le toit de l'immeuble désaffecté dans lequel elle avait élu domicile depuis plusieurs mois, lui permettait d'être à l'air libre et en hauteur pour faire des tests efficaces sur sa nouvelle tenue découverte il y a peu, totalement par hasard, dans un laboratoire secret[4] du quartier est.

Les migraines des premiers jours avaient disparu progressivement, tout comme son stress. Les sensations étranges d'intrusion qu'elle avait perçues lors de cette nuit de haute voltige ne s'étaient plus manifestées depuis. Sa vision était de nouveau claire et précise, et son moral pointé au beau fixe.

Cela faisait maintenant près d'un mois que sa routine quotidienne n'avait pas changé d'un iota. Elle se levait le matin pour la commencer par un peu de troc au marché de la zone 53 du quartier nord. Elle en profitait pour se dégourdir les jambes et s'aérer l'esprit avant de fixer toute son attention à l'utilisation de son harnais volant qui restait encore difficilement manœuvrable et d'une autonomie relativement limitée.

Cet après-midi-là, alors qu'elle avait enfin réussi à dégoter quelques petits pots de peinture de couleurs plus ou moins flashy pour customiser personnellement sa tenue, la jeune femme se sentait l'envie de faire un nouveau test de vol.

Savannah avait adapté le harnais à ses mensurations féminines et à sa petite taille fine en ajustant les lanières sur le devant et en coupant les manches trop longues de la combinaison moulante. En ajoutant quelques protections aux coudes et aux épaules, grâce à de la récupération et à quelques emplettes faites chez Zrax, le techno-ingénieur de la 78ᵉ rue est, elle avait aussi remis en état les extrémités des deux ailes abîmées lors de son dernier atterrissage mal négocié et lustré les tuyères des mini-répulseurs

---

[4] Une fois de plus, pour les détails, voir l'épisode un : *Premier contact*.

se trouvant au milieu de chacune d'entre elles. En bidouillant les deux manches de contrôle, la voleuse avait trouvé le moyen d'incorporer directement les dispositifs de contrôle dans le creux de ses gants. Cela avait aussi allégé le dispositif qui avait encore perdu en poids et en taille lorsque la coque de protection était devenue une sacoche de transport. Elle aurait aimé pouvoir trouver le moyen d'incorporer directement un système de pilotage *via* une interface neuronale directe sur les petites protections ajoutées aux simples binoculaires d'affichage, mais cela dépassait largement ses compétences.

Il ne lui restait plus qu'à personnaliser son costume avec de la couleur et quelques symboles personnels.

Mais pour l'heure, le plus important était de voir si tout fonctionnait bien en se rendant près d'un vieux chantier abandonné qu'elle avait repéré non loin de l'ancienne zone côtière du vieux marais asséché du delta sud.

Cela faisait plus d'un mois que Dirk Valentine avait rempli son dernier engagement. Il en avait refusé plusieurs nouveaux depuis. Le semi-échec subi lors de celui-ci lui restait en travers de la gorge. Il le considérait comme raté dans ses grandes largeurs.

Après une enquête dans l'ancien bar de Randy Decker, sa toute dernière victime, contrainte et forcée, il avait appris que la mère de la crapule n'était pas celle qu'il avait prise pour cible ce soir-là.

Il se souvenait maintenant très bien de la jeune silhouette entraperçue lors de sa descente du toit d'où il avait d'abord tiré. Pestant contre lui-même pour son erreur de jugement digne d'un débutant, il n'avait pas réussi à tourner la page.

Heureusement pour lui, grâce aux images enregistrées par son armure et à ses différents contacts au sein des forces de police, des Sections du Crépuscule et des autres mercenaires avec qui il avait déjà travaillé par le passé, il avait retrouvé l'identité de la jeune délinquante. Il essayait maintenant de mettre la main dessus pour lui faire payer l'affront de n'avoir pas pu remplir son objectif initial et d'avoir dû recourir à des méthodes plus extrêmes encore.

L'assassin professionnel avait aussi profité de ces moments de flottement pour remettre en état ses armes, son véhicule et ses équipements, légèrement endommagés lors de la course-poursuite qui avait suivi.

Depuis, Valentine s'était remotivé en se concentrant dans ce seul but d'en finir avec cette petite traînée…

La manière forte avait parfois été nécessaire pour soutirer quelques informations utiles aux derniers membres encore vivants des *Kass'Têtes* qui avaient fui les affrontements. Il toucherait bientôt au but, ce n'était plus qu'une question de temps.

Le tueur avait même essayé de retrouver sa trace dans les égouts, mais les trop nombreuses signatures thermiques n'avaient permis que de le mener à un ancien hangar industriel totalement détruit.

Elle ne se trouvait pas dans le quartier sud de Turbo-City, et ne pouvait donc qu'habiter une zone libre du nord, là où les seules interactions de Savannah Wilsey étaient répertoriées dans les bases de données.

Malheureusement pour lui, c'était une voleuse habile et prudente, car seuls des délits mineurs et des interpellations courtes étaient enregistrés à son nom, un peu partout dans de nombreuses zones de la ville. Aucune infraction sérieuse ou délit majeur qui l'aurait mené à une fiche casier ou à un suivi par les Sections du Crépuscule.

Les multiples odeurs présentes dans son nouvel environnement étaient toujours aussi étranges à appréhender depuis sa sortie à l'air libre. Mais inhaler le parfum citronné montant du corps devant lui était un régal à ses naseaux grands ouverts.

Le monstre ouvrit la gueule pour pouvoir lécher la plaie ouverte qu'il venait d'infliger à sa proie. Sa longue langue rosâtre s'insinua dans la chair qu'il venait de déchirer de ses crocs acérés. Ces derniers s'étaient développés à mesure que son état avait continué de s'améliorer depuis son retour à la vie et sa libération de la cage de verre qui l'avait tenu à l'écart du monde durant des décennies. Les protubérances osseuses lui servant de protection aux coudes et aux genoux avaient elles aussi grandi et se solidifiaient durablement, pour pousser maintenant sur son torse ou ses cuisses.

Il bavait autant qu'il buvait le sang frais de l'homme qui gisait dans la mare de son propre liquide vital. Le corps chaud était minutieusement dépecé, membre par membre, par la bête qui n'avait laissé aucune chance à sa victime.

Cette dernière regagnait son travail quotidien dans une manufacture de recyclage de plastique quand de longues griffes acérées s'étaient immiscées dans les tissus musculaires de son dos.

En quelques instants, les douleurs intenses s'étaient démultipliées violemment. Le monstre était resté dans l'ombre après avoir suivi sa proie pendant de longues minutes. Lorsqu'il avait senti son appétit prendre le dessus, il avait bondi du mur le plus proche, pour enfin abreuver à nouveau sa soif de sang incontrôlable.

Au fil des semaines, il avait appris à redécouvrir la ville dans laquelle il se trouvait aujourd'hui, tout en restant dans l'obscurité et en essayant de se nourrir seulement lorsque cela devenait indispensable. Il se déplaçait souvent de nuit et profitait de l'obscurité pour attaquer ses proies. Des images continuaient d'affluer dans son esprit, mais il n'arrivait toujours pas à les comprendre.

Tout comme les étranges bêtes aux chairs métalliques et huileuses qu'il avait croisées, et qui n'avaient aucunement réussi à le satisfaire.

Ce monde avait bien changé, même si ses souvenirs ne lui permettaient pas encore de se rappeler l'ancien, qu'il avait foulé il y avait fort longtemps.

Mais pour l'heure, tout ça n'avait que peu d'intérêt ; seul le plaisir des chairs molles importait…

CHAPITRE DEUX
UN DERNIER TEST

Turbo-City, marais asséché du delta sud, 3 mars 2092

Savannah était toute proche du lieu du test de vol qu'elle avait choisi pour aujourd'hui. Il ne lui restait plus que quelques tyroliennes à descendre pour s'y retrouver. Depuis que les riches habitants des blocs sud avaient installé ces ingénieux systèmes de transport alternatif pour passer de toit en toit des plus grands immeubles de la ville, la population locale avait aussi fait le choix de développer son propre réseau de câbles gratuit à travers la majorité du quartier nord. Il suffisait juste de ne pas avoir le vertige et de se procurer illégalement quelques mousquetons à poulie pour pouvoir en bénéficier librement. La jeune femme ne s'en privait pas, et en profitait même parfois pour se rendre facilement dans des zones lointaines qu'il aurait été plus difficile d'atteindre par la voie terrestre, surtout sans véhicule de transport.

Elle attacha la corde de sécurité au long filin d'acier qui lui faisait face en admirant la vue de sa cité, d'où émanaient des fumées éparses, signe de tensions explosives ou de pollution industrielle intense.

Au loin sur sa droite, les longues tours des quartiers résidentiels transperçaient le ciel bleu comme autant de flèches magnifiquement dessinées. Les zébrures de ces architectures gigantesques fascinaient toujours autant la cambrioleuse. Si seulement ces appartements lointains lui étaient accessibles ! Ils devaient regorger de merveilles innombrables et de trésors cachés qu'elle osait à peine imaginer.

Sur sa gauche, les nuages noirs des gaz toxiques que les usines recrachaient en discontinu ne laissaient que peu de place à la fantaisie. Bien entendu, les denrées produites dans ces manufactures étaient indispensables à la survie de tous, mais est-ce que les droïdes qui se multipliaient un peu partout, et pas seulement dans les arènes Kyfballiennes[5], étaient toujours indispensables ?

La pickpocket décida de ne pas regarder derrière elle pour ne pas avoir à se représenter ou se remémorer de nouvelles images de spectacles violents inutiles ou de morts atroces, comme cela avait été trop souvent le cas lorsqu'elle avait dû s'y rendre. Elle préféra donc ne pas s'interroger plus avant sur l'anarchie qui régnait dans la majeure partie des blocs sud...

---

[5] Les enceintes sportives dans lesquelles se déroule le seul sport encore autorisé légalement dans Turbo-City : le Kyfball. Des combattants robotisés s'y battent chaque jour pour le plaisir de tous les habitants de la ville.

Et se jeta dans le vide après avoir vérifié une dernière fois la barre métallique à laquelle ses mains étaient bien agrippées.

Elle poussa un cri de joie en sentant le vent frais lui frotter à nouveau le visage alors que sa vitesse s'accentuait rapidement durant sa traversée.

Plutôt que de descendre au bas du dernier immeuble sur lequel elle venait d'atterrir, la jeune femme décida de sortir sa combinaison de son sac à dos et de s'équiper dans la foulée pour pouvoir la tester. Elle avait préalablement vérifié que personne ne se trouvait dans les parages pour être sûre de ne pas être dérangée durant ses essais, alors que le crépuscule pointait le bout de son nez.

Après avoir enfilé ses ailes repliées au-dessus du costume léger qui lui avait sauvé la vie dernièrement, juste après sa découverte fortuite, elle respira un grand coup pour se motiver et laisser échapper son anxiété.

Savannah enclencha la nouvelle capsule énergétique dans la chambre latérale du harnais et sauta plusieurs fois sur place pour se dégourdir les muscles une dernière fois.

« Allez courage, ça va bien se passer. C'est pas comme si tu l'avais jamais fait avant ! » s'encouragea-t-elle à haute voix en souriant.

Finalement après quelques secondes d'hésitation, elle s'élança droit devant, avant d'appuyer sur la mise en marche du dispositif. Elle fit un bond devant elle au moment même où ses pieds se dérobèrent du sol.

En un instant la jeune femme se retrouva projetée à plusieurs mètres de hauteur alors que les deux ailes métalliques se déployaient dans son dos.

Appuyant plusieurs fois sur le bouton de poussée, le dispositif volant répondait à merveille, et les impulsions successives lui permirent de s'envoler d'une vingtaine de pieds au-dessus du toit du bâtiment sous elle.

Son sourire s'agrandit encore quand elle réussit facilement quelques manœuvres simples pour tourner d'un côté puis de l'autre sans effort.

« Oui !... ».

L'excitation prenait la place sur ses craintes, et la jeune voleuse décida de prendre encore davantage d'altitude en boostant encore la poussée des multiples réacteurs dorsaux.

Cela ne la perturba pas plus que ça, et en ouvrant les bras en essayant de se stabiliser à une hauteur stationnaire, elle baissa les yeux en les écarquillant pour voir à quel point son altitude était impressionnante. Son altimètre affichait un chiffre de trois cent douze pieds, l'équivalent de quatre-vingt-quinze mètres.

L'air était devenu un peu plus frais, mais cela ne l'arrêta pas. Émerveillée par son engin et grisée par cette expérience nouvelle bien moins stressante que la précédente, elle pouvait se mouvoir aisément sans gêne, et décida donc d'approfondir encore.

En ramenant cette fois-ci ses deux bras près de son corps, elle déclencha une poussée franche et maximale, qui la projeta encore plus haut tel un projectile tiré à l'air libre vers les cieux.

Sans même qu'elle s'en rende compte, le sol s'amenuisait doucement et une impression d'humidité froide commençait à se faire ressentir sur ses joues et le bout de son nez.

Le compteur de son altimètre défilait à une vitesse rare, jusqu'à atteindre les mille pieds, soit trois cent cinq mètres.

Stoppant brutalement son ascension elle fit un petit tour sur elle-même pour se retrouver en parallèle avec le sol.

« Oh waouh !!! » s'émerveilla la monte-en-l'air.

Les modifications apportées à la combinaison fonctionnaient parfaitement. Les nombreuses séances d'entraînement et de test sur son toit de ces dernières semaines portaient aussi leurs fruits. Les quelques lanières élastiques suspendues qu'elle avait accrochées au plafond de son petit atelier de fortune lui avaient permis de trouver l'équilibre et de revoir la position de son corps sans toucher le sol.

Les souvenirs de la nuit de son premier vol étaient encore bien ancrés dans sa mémoire. Cette sortie inaugurale avait bien failli lui coûter la vie, et malgré l'excitation grandissante d'endosser de nouveau ce costume, il lui avait paru plus sage de le modifier et de s'aguerrir un peu au vide avant de l'enfiler à nouveau.

La dizaine de petits coups d'essai à quelques mètres de hauteur pour tester les turbines ou le bon fonctionnement des deux ailes lui avait aussi permis de comprendre les quelques indicateurs affichés dans les lunettes de vol.

Pour être sûre qu'elle ne risquait aucun danger, la voleuse avait fait quelques expériences sur la solidité du harnais en le lestant de lourdes pierres, en essayant de le brûler légèrement avec un petit chalumeau ou de le transpercer avec diverses armes blanches.

Finalement tous ses tests s'étaient avérés totalement sécurisants, et ses calculs sur l'autonomie du vêtement donnèrent des résultats incroyables de près de deux heures pour une simple capsule énergétique sans trop forcer sur la poussée.

Après avoir piqué de longues minutes dans le vide du ciel de Turbo-City et avoir effectué de nombreuses remontées sur de plus ou moins longues distances, le moment était venu de redescendre définitivement.

Savannah Wilsey décida qu'il était temps de revenir sur le « bon vieux plancher des vaches », comme l'avait souvent sermonnée le frère-disciple Alaric quand elle s'évertuait déjà à grimper sur les pointes du « temple de la Bonté Première » durant ses jeunes années d'apprentissage.

Malgré une température proche des cinq degrés Celsius, son visage perlait de sueur et sa combinaison collait à sa peau. Elle ressentait quelques démangeaisons et une envie folle de se gratter sur plusieurs parties de son corps même si cela lui était totalement impossible.

Pourtant, elle se régala une dernière fois de la vue magnifique de sa cité, qu'elle aimait tant arpenter, mais dont elle rêvait sans cesse de quitter, pour explorer les grands déserts extérieurs.

Son éclat de rire fut intense au moment de plonger la tête la première vers la terre. Son altitude se réduisait rapidement, lorsque soudain un bip circula dans ses oreilles alors qu'une lumière rouge apparut dans ses binoculaires de contrôle.

Sans vraiment comprendre pourquoi ni comment cela était arrivé, elle frissonna en sentant immédiatement le danger. En essayant de faire une manœuvre pour se relever et ralentir sa course vers le sol, les ailes se mirent à trembler et à émettre un bruit strident peu rassurant.

La panique et la peur s'emparèrent de la jeune femme pourtant d'un tempérament courageux, voire même souvent trop téméraire.

Dans cette situation encore inédite, qu'elle avait pourtant brièvement imaginée, les solutions n'étaient pas nombreuses.

Finalement elle ouvrit les bras et les jambes en grand pour ralentir sa vitesse et se relever au prix d'un effort surhumain en activant aussitôt la plus forte poussée possible sur les deux réacteurs principaux.

L'aile de gauche craqua dangereusement alors que sa vision commençait à se troubler.

Les bips cessèrent quelques secondes tandis que les lunettes de vol reprirent une teinte orange.

Hélas pour la jeune femme, le répit fut de courte durée, car les deux répulseurs centraux toussèrent plusieurs fois avant de s'arrêter définitivement.

« Oh NON !!! » eut-elle le temps de crier, lorsque soudain elle sentit de nouveau son corps chuter vers le sol.

Elle appuya plusieurs fois sur le système de secours pour tenter d'ouvrir le petit parachute qui se trouvait au milieu des deux ailes. Sans succès.

L'altimètre s'affolait et le déploiement complet de ses ailes n'y changeait rien. La surface se rapprochait à vitesse grand V lorsque soudain de petites taches apparurent devant ses yeux. Du sang coula de ses deux narines et de ses oreilles. Elle essaya de rester calme en réfléchissant à ses possibilités sans parvenir à en trouver.

Elle cligna des yeux plusieurs fois, prise d'une panique et d'une peur qu'elle n'avait jamais connue auparavant…

Et commença à réciter l'un des *Cantiques des disparus* que lui avaient appris Alaric et ses frères, avant de fermer ses yeux légèrement embrumés.

INTERLUDE PREMIER
MISSION DE SAUVETAGE

Turbo-City, manoir des Vickers, 3 mars 2092

« Arrrghhhh ! »
Niki Vickers hurla intensément en basculant de son fauteuil. Son corps toucha le marbre rose du sol de sa chambre. Il était froid au contact de ses fines mains fragiles qui ne purent empêcher son crâne de toucher la pierre polie.

Du sang coula à grosses gouttes de ses narines alors que le côté gauche de son front lui faisait mal. Le sang tapait frénétiquement dans ses tempes douloureuses tandis que sa vision se voilait dangereusement. La jeune femme essaya de lutter contre la nausée qui montait alors qu'elle avait du mal à rassembler ses esprits. Scrutant du regard la pièce, appelant doucement son androïde, elle lutta encore quelques instants, mais son corps l'a trahit et ses dernières forces ne lui permirent pas de rester éveillée plus longtemps.

Lorsqu'elle revint finalement à la réalité, l'adolescente était couchée dans son lit. Un bandage lui protégeait le haut du crâne et un habit de nuit de soie blanche lui enveloppait le corps. Elle était allongée sous une épaisse couette chaude et légère, en tissu souple, de couleur mauve. En essayant de se relever pour prendre une position assise en soulevant son oreiller, une intense douleur traversa sa tête d'une tempe à l'autre.

Elle gémit quand un court filet de sang coula de sa narine gauche jusqu'à sa lèvre supérieure. L'adolescente passa sa langue et ses doigts sur son propre fluide vital et grimaça, alors que Blue n'était visiblement plus auprès d'elle.

Le monde tournait encore autour d'elle, mais la jeune femme parvint finalement à prendre une position plus confortable au milieu de sa couche.

Elle essaya de se remémorer les instants précédant son évanouissement, et les images lui revinrent finalement en mémoire.

Niki Vickers s'était retrouvée seule dans sa chambre avant le repas. Elle commençait à entrevoir certaines vérités sur la jeune délinquante Savannah Wilsey et sur l'homme qui s'était lancé à ses trousses.

Elle s'interrogeait toujours sur le comment et le pourquoi de sa liaison télépathique avec la jeune femme, mais pour le moment il lui importait plus de trouver une solution pour établir un contact plus durable avec cette dernière. Communiquer durablement et efficacement avec la voleuse était primordial si elle ne voulait pas devoir déjà lui dire adieu à cause de ce tueur à gages professionnel.

Elle réfléchissait aux moyens d'y parvenir et de stopper les plans de l'assassin, lorsque soudain un sentiment de panique intense et de peur incontrôlable, presque insurmontable, la submergea.

Sa vue se brouilla après un flash électrique intense, et le mur de sa chambre avait laissé place à une vue aérienne peu orthodoxe de Turbo-City.

Elle comprit instantanément qu'elle avait de nouveau changé de corps et que ce qu'elle voyait ne pouvait être que les images perçues par Savannah. Cette dernière clignait fortement des yeux et sa vision n'était pas très claire.

En analysant presque simultanément les pensées de la voleuse qu'elle percevait en temps réel, elle comprit la situation dans laquelle se trouvait cette dernière.

En réfléchissant quelques instants, la télépathe comprit que la voleuse avait voulu une nouvelle fois tester son équipement de vol et se retrouvait maintenant en difficulté pour le contrôler en plein ciel.

Et sans que celle-ci ne puisse se douter que Niki avait pris le contrôle de son esprit et de son corps, l'adolescente allait devoir trouver le moyen de la sauver. Les informations affluèrent sur son équipement, et elle réussit à enclencher le parachute lié à la combinaison en débloquant ce dernier en tapotant frénétiquement sur le bouton d'ouverture pendant de longues secondes.

Un grand ouf de soulagement la remplit de joie alors que la toile ouverte dans le dos de la jeune femme blonde la propulsa de plusieurs dizaines de mètres en arrière et ralentit un instant sa chute vers le sol.

Hélas, cela ne serait pas suffisant pour lui éviter de s'écraser trop rapidement sur la terre ferme qui continuait de se rapprocher dangereusement, à trop vive allure.

La télépathe décida de refermer complètement les deux ailes du dispositif volant et de rediriger l'intégralité de l'énergie encore disponible vers les deux réacteurs dorsaux principaux.

Elle adopta une position bien droite les pieds bien parallèles à la surface et libéra le parachute du costume. Ce dernier se détacha facilement et fut rapidement emporté au loin par une nouvelle bourrasque d'air frais.

Quand ce dernier ne représenta plus une entrave inutile, prenant une forte inspiration, elle déclencha finalement l'ultime poussée des deux propulseurs. Et sentit sa vitesse ralentir enfin.

Les toits des premiers immeubles semblaient s'approcher d'elle moins vite.

En analysant les informations sur le réticule oculaire et les bribes de pensées résiduelles de son hôte, Niki Vickers pensa avoir trouvé une solution pour éviter l'atterrissage fatal.

Le contrôle de la jeune femme lui était totalement acquis alors que son hôte était plongée dans une léthargie qui était la bienvenue. Cette dernière s'était évanouie depuis plusieurs secondes déjà, et son corps n'opposait aucune résistance à la main mise mentale qu'exerçait la télépathe à distance. Après avoir ouvert à nouveau les ailes à leur maximum pour pouvoir dévier la route de son impact au sol, elle décida de se diriger vers le grand marais asséché du « delta sud » qui s'offrait droit devant.

Avec la chance de quelques vents contraires et avec une distance réduite à la faveur de son altitude, un espoir fugace resurgit. Pourtant la jeune handicapée commençait à trembler sur son fauteuil. De grosses gouttes de sueur perlaient de chaque côté de son front, et un goût de sang s'empara de sa gorge sèche.

Le lien était de plus en plus difficile à tenir, cela faisait déjà plusieurs minutes qu'il était actif, et il était sur le point de rompre à chaque nouvelle seconde qui passait.

Mais il n'était pas question de lâcher maintenant.

Serrant ses deux poings sur les deux extrémités de ses accoudoirs dorés, elle poussa un long râle, mélange de rage et d'encouragement.

Fermant les yeux un instant pour reprendre son souffle et sa concentration, elle les rouvrit à nouveau pour s'apercevoir que la terre ferme n'était plus qu'à une dizaine de mètres.

Elle referma les deux ailes dans son dos et plia ses deux bras devant son visage. Les dents serrées, elle attendit quelques instants qui lui semblèrent interminables avant de ressentir une vive douleur chaude se déployer dans ses deux membres. Celle-ci s'intensifia et se multiplia à divers endroits sur toute la surface de sa chair meurtrie, alors que le corps de Savannah Wilsey percutait violemment la terre molle et humide du marais. La jeune femme blonde rebondit plusieurs fois.

Le souffle coupé à maintes reprises, des flashs lumineux simultanés et de petits cris rauques accompagnèrent son retour sur terre.

Après quelques secondes à creuser un sillon le long d'herbes folles à moitié desséchées, sa course se termina enfin.

La boîte crânienne de Niki était sur le point d'exploser. Elle put ressentir la douleur insupportable qui parcourut le corps qu'elle habitait encore. Sous la force de l'impact sur ce large îlot de sable humide, le corps meurtri, le lien qui unissait les deux femmes se rompit finalement.

La télépathe ouvrit les yeux en hurlant intensément sa douleur, et bascula vers l'avant alors que la liaison avec Savannah venait de se couper au même instant, après cet intense choc physique.

Toujours allongée sur son lit, Niki Vickers soupira longuement en se remémorant toute la scène une seconde fois. Elle était toujours seule et paniqua à l'idée de ne pas savoir dans quel état se trouvait la jeune femme qui faisait maintenant partie de sa vie.

Son androïde entra alors dans sa chambre avec un plateau dont les odeurs suaves et chaudes qui en émanaient lui redonnèrent un bref sourire.

— Je vois que vous êtes enfin réveillée, mademoiselle. Je vous ai apporté un petit potage de patates douces agrémentées de curry avec quelques oignons du jardin. Je…

— Merci Blue, mais dis-moi d'abord depuis combien de temps je dors ! coupa la jeune femme.

— Cela fait maintenant bientôt trois jours que je vous ai retrouvée sur le sol évanouie et blessée.

— Trois jours ?...

— Oui. J'ai d'abord cru vous avoir perdue en vous découvrant dans une petite marre de sang. Mais j'ai vite compris que vous n'aviez subi qu'un retour psychique intense après vous avoir auscultée. La séquence que vous avez échangée avec miss Wilsey a dû être des plus éprouvantes pour vous mettre dans cet état.

Le robot posa les pieds du plateau de chaque côté de sa maîtresse et prit la petite seringue posée près de l'assiette fumante qui s'y trouvait.

— Quelques antalgiques mélangés à un léger analgésique pour soulager vos douleurs, reprit-elle en piquant l'adolescente dans le haut du bras.

Cette dernière grimaça un instant en sentant l'aiguille et le liquide chaud s'immiscer entre ses muscles et lui donner un peu le tournis.

— Tu es sûre qu'il n'y a pas autre chose dans ta piqûre Blue ? Car ça pique là !

— Quelques fortifiants mêlés, miss Niki pour vous aider à guérir plus vite.

— Hummm, ça picote…

— Cela va rapidement passer avec le potage énergétique que Numéro Quatre vous a préparé, mademoiselle.
— Très bien j'ai compris.

L'adolescente fit la moue et eut un regard noir envers sa compagne métallique en commençant à boire la soupe épaisse avec la cuillère argentée et finement ciselée, dernier objet contenu sur le plateau posé devant elle.

— Et que s'est-il passé d'autre depuis ces trois derniers jours ?
— Aucune activité anormale n'a été signalée par votre père dans les différents quartiers de Turbo-City. Et nous n'avons pas réussi à découvrir les dernières activités de M. Valentine.
— Bien. Il me faudrait reprendre contact avec Savannah dans les meilleurs délais, Blue. Il va donc me falloir un fort stimulant neurosensoriel.
— Je ne pense pas que ce soit une très bonne idée, mademoiselle. Il me semblerait plus sage d'attendre encore quelques jours avant d'essayer d'établir un nouveau lien avec miss Wilsey.
— Je m'en fiche, Blue, il me faut des réponses. Et il me les faut tout de suite !

L'adolescente s'emporta en repoussant mollement son plateau alors que son potage n'était qu'à moitié terminé. Sa compagne la regarda faire sans émettre le moindre avis contradictoire en semblant réfléchir.

— Je sais que je ne pourrai pas vous faire changer d'avis et que je suivrai toujours vos ordres, mais... L'IA s'arrêta et sembla réfléchir un instant avant de reprendre. Je vais donc préparer un mélange léger pour que vous puissiez supporter une transe courte. Finissez votre repas. Je reviens vous l'administrer dans quelques minutes, mademoiselle.

L'androïde tourna les talons en laissant la jeune femme sur son lit. Cette dernière la regarda disparaître l'instant d'après en contemplant la cuillère d'argent qu'elle tenait à la main. Elle aperçut son reflet dans le métal luisant et remarqua aussitôt ses traits tirés et son teint blafard, bien plus prononcé qu'à l'habitude. Ruminant quelques instants, elle se décida finalement à reprendre son repas et à le terminer dans l'espoir de retrouver les forces nécessaires pour aborder dans les meilleures conditions sa prochaine tentative télépathique.

Niki Vickers se souvint alors de son unique véritable amie : Angélique Gauthier. Celle qui lui avait permis de découvrir ses dons interdits et de pouvoir les développer judicieusement, en devenant en quelque sorte son cobaye, lorsqu'il leur était possible de laisser libre cours à ses facultés. Elle ne put s'empêcher d'avoir un pincement au cœur en repensant à ce qu'avaient aussi dû lui coûter ses expériences.

Angélique avait été la première et la seule à l'institut à connaître son secret sur ses capacités hors normes. Sa jeune amie était même devenue son premier amour et lui avait fait découvrir des moments de bonheur qui étaient jusqu'alors bien loin de ce que son imagination lui avait fait entrevoir.

Les contacts avec Angie réussissaient toujours lorsque cette dernière la laissait pénétrer volontairement son esprit, et la communication même éloignée de plusieurs dizaines de kilomètres, était toujours possible si sa confidente poussait légèrement sur sa consommation d'opiacés, recommandés pour soigner son étrange maladie inconnue.

Sa bien-aimée lui avait aussi fait découvrir des lieux lointains, comme le lac d'Idris ou le château d'Adamel à travers ses yeux lors de ses voyages avec ses parents. Des endroits qui lui étaient toujours refusés de par son handicap physique et le refus catégorique de son père de la laisser « seule » avec des étrangers venus des autres quartiers de la cité.

Au fil des mois et de leurs multiples liaisons télépathiques, elles avaient découvert que Niki n'était pas simplement capable de voir à travers les yeux d'Angie ou de communiquer sur de longues distances. La jeune fille pouvait aussi contrôler le corps de son hôte et en faire une véritable marionnette répondant à ses moindres ordres mentaux sans que celui-ci ne puisse s'y opposer directement. Seuls un fort choc physique, un stress ou une fatigue psychologique extrême pouvaient empêcher ou couper leur contact.

La riche héritière s'était parfois immiscée dans l'esprit de celle qu'elle aimait lorsque celle-ci sommeillait. Cela lui avait permis de pouvoir vivre certains des rêves d'Angélique par le biais d'images très fugaces. Cela lui demandait des efforts de concentration considérables et lui créait de fortes migraines après coup, mais elle n'avait jamais rien regretté de tous ces instants passés avec sa meilleure amie. Même si parfois un sentiment de culpabilité la rongeait de toujours avoir caché ces expériences nocturnes.

Aujourd'hui, il n'était pas question que Savannah Wilsey l'abandonne à son tour alors qu'elle venait à peine de la découvrir et qu'elle était la seule avec qui ses dons fonctionnaient à nouveau !

L'adolescente soupira longuement en s'interrogeant encore sur le hasard de leur connexion, après tant de tentatives infructueuses avec les quelques rares personnes croisées à l'Académie des Arts, depuis la mort d'Angie…

Blue avait laissé sa jeune protégée à contrecœur, mais il ne lui appartenait pas de la contredire ou de mettre en balance sa programmation principale et les sentiments qu'elle pouvait éprouver à son égard.

Son créateur l'avait conçu dans le seul but de la servir et de tout faire pour la garder en vie et à l'abri du moindre danger. Elle possédait des capacités hors normes et une enveloppe bien supérieure à celle des autres droïdes présents dans la bâtisse. Ses capacités cognitives et les mises à jour successives qui lui avaient été apportées au fil des années faisaient d'elle un modèle unique.

De plus, sa polyvalence de programmes lui permettait de pouvoir adapter ses compétences au moindre besoin. Sa liaison quasi permanente avec l'unité centrale du père de Niki Vickers lui donnait accès à une multitude de bases de données et à un savoir immédiat presque infini.

Il ne lui manquait encore qu'une ou plusieurs évolutions sensorielles et mémorielles ainsi qu'une dépense énergétique moindre pour être totalement autonome.

Son créateur, Marcus Vickers, était à l'origine de tous les différents membres robotisés de la demeure. Huit autres entités semblables à la droïde sous divers aspects physiques ou matriciels s'affranchissaient des différentes tâches nécessaires pour entretenir les lieux. Ils géraient ensemble la maintenance et l'affectation du travail des unités auxiliaires mineures, ainsi que la survie conjointe de tous.

Numéro Un, alias « Green » pour la propriétaire des lieux, qui les avait tous rebaptisés avec une couleur, se chargeait du jardin potager et de la petite ferme extérieure comprenant quelques rares animaux, que seuls quelques privilégiés pouvaient encore posséder dans la ville. C'était un drone de la classe des « Polyvalents ».

Numéro Deux, alias « Brown », était destiné à l'entretien intérieur de la bâtisse et à la bonne marche des différentes installations qui s'y trouvaient. Il était lui aussi de la classe « Polyvalente ».

Numéro Trois ou « Yellow » s'occupait des services courants, de logistique par exemple, avec l'extérieur. C'était un drone « Speeder ».

Numéro Quatre surnommé « White », gérait la logistique nutritionnelle de la seule habitante humaine des lieux et les besoins énergétiques de tous les autres numéros. Il était, étrangement, de catégorie « Technoball ».

Numéro Cinq, aussi appelé « Black », avait la charge de négocier et d'échanger avec les autres maisons de la ville, d'entretenir de bonnes relations diplomatiques et d'intervenir en personne lorsque cela était nécessaire. C'était un droïde de nouvelle génération de « Speeder » qui était aussi en liaison avec les forces gouvernementales.

Numéro Six qui portait la couleur pourpre, « Purple », était actuellement en phase de restructuration et d'évolution physique majeure. Un « Techno-encaisseur » qui avait subi de lourds dégâts lorsqu'une bande de malfrats avait essayé de pénétrer le domaine quelques mois auparavant.

Numéro Sept qui n'était autre que « Orange », servait de garde protecteur à toute la maisonnée. C'était un drone de troisième génération de « Techno-démolisseur ». Il était l'un des plus évolués d'entre tous, et seuls deux droïdes le surpassaient.

Numéro Huit, ou « Red » comme l'appelé sa protégée, n'avait jamais été achevé et continuait d'être enfermé dans sa matrice élémentaire. Il était destinée à prendre sa place dès sa naissance. Malheureusement, des failles dans sa programmation initiale avaient contraint son père à le désactiver provisoirement. Pourtant, le droïde serait sans nul doute bientôt réactivé pour les besoins de sa maîtresse.

Et enfin, Numéro Neuf, qui n'était autre que « Blue », et dont la tâche était de veiller à la sécurité et au bien-être de la dernière héritière de la maison Vickers. Tout comme « Red », elle faisait partie de l'élite des « Beginners », à la particularité près que comme son homologue endormie, elle bénéficiait de plusieurs fonctions propres aux autres classes droniques.

Elle ferait tout pour accomplir sa mission première et pour protéger sa propriétaire alors que cette dernière aurait bientôt les pleins pouvoirs sur l'ensemble du domaine familial et sur les multiples usines ou fermes extérieures actuellement contrôlées par son père.

Dans quelques jours, l'adolescente fêterait son seizième anniversaire, l'âge légal de la majorité dans toute la cité. Cela la ferait donc passer à l'âge adulte, et grâce à ses pleins pouvoirs, elle pourrait ainsi faire encore bien davantage pour développer ses capacités et son évolution, aussi bien matérielle et physique que sensorielle.

Mais pour l'heure, l'androïde devait l'aider à être de nouveau en contact avec la voleuse Savannah Wilsey comme elle le lui avait ordonné...

CHAPITRE TROIS
RÉVEIL DIFFICILE

Turbo-City, marais asséché du delta sud, 3 Mars 2092

Savannah Wisley ouvrit péniblement les yeux alors que sa bouche était pâteuse et que son corps la faisait atrocement souffrir à plusieurs endroits. L'impact avec le sol avait dû être moins brutal qu'elle ne l'avait d'abord imaginé, car elle était encore en vie.

Elle s'agenouilla péniblement dans le sable partiellement noirâtre et aperçut du sang séché sur ses mains et ses avant-bras. Sa tête carillonnait bien plus fort qu'au lendemain d'une bonne cuite au Colo-Colo frelaté, et sa peau la démangeait à de nombreux endroits sur ses cuisses, sa poitrine ou encore son dos.

En se demandant depuis combien de temps elle gisait là inanimée, aucun souvenir ne lui revient en mémoire sur le comment de sa situation immédiate.

Sa combinaison avait dû amortir sa chute et sa chance avait dû faire le reste. *Pourquoi devoir expliquer les faits autrement ?* s'interrogea la jeune femme en essayant de se relever péniblement, poussant sur ses deux jambes.

Le marais asséché du « delta sud ». Cela lui revenait en tête. Mais comment cela était-il possible ? Les immeubles de la zone côtière se trouvaient à plusieurs centaines de mètres de là. Pourtant leurs toits étaient bien la dernière chose dont elle se souvenait, alors que ses yeux s'étaient fermés en psalmodiant une dernière prière…

« Qu'importe » se dit-elle à haute voix. « Je suis encore en vie, et finalement ce nouveau vol ne s'est pas trop mal passé. »

La femme blonde éclata de rire bruyamment avant de se mettre à tousser quand ses côtes la firent trop souffrir.

« Hummm… ouais bon, la prochaine fois, faudra encore que j'améliore un peu l'atterrissage si je ne veux pas ressembler à de la gelée rouge sur le bitume !… »

Inspectant son costume et son dispositif ailé, Savannah remarqua que le tout était presque intact et que ce petit bijou avait encore dû lui sauver la vie. Quelques éraflures sur les parties métalliques et de légères ouvertures dans le tissu semi-élastique, mais rien de bien méchant. Rien en tout cas qui ne soit pas réparable ou insurmontable à rafistoler. La jeune femme remercia une fois de plus l'inventeur de cette merveille.

En déboutonnant son harnais pour le poser délicatement au sol et respirer plus facilement, la voleuse pesta en scrutant l'horizon dans la semi-clarté de l'aube.

« Oh non, merde… Comment je vais faire pour rentrer maintenant ?… »

La bête ne s'endormait jamais, et chaque nouveau repas lui permettait de retrouver des bribes de son passé.

Il s'appelait Emil Bett. Du moins c'est ce qu'il avait d'abord pensé en retrouvant peu à peu la mémoire.

Mais son nom complet était Edouard Emil Bett Richard. Il était chercheur ou bien patient dans l'un des centres de cette cité, qui ne portait pas encore le nom de Turbo-City.

Les images n'étaient pas très claires, et sa concentration souvent éphémère ne lui avait pas permis de toutes les comprendre.

On lui avait injecté de multiples substances durant son long séjour au laboratoire. Son corps avait subi de multiples mutations. Chacune l'avait rendu plus fort et plus vif, mais aussi, bien plus avide de sang…

Il devait encore se nourrir ou son esprit allait continuer de le tourmenter. Et les douleurs musculaires reviendraient rapidement.

Les sensations désagréables de manque commençaient à se faire ressentir. Il bavait davantage, et ses muscles endoloris n'étaient que les prémices de la rage inhumaine qui allait bientôt le submerger à nouveau.

Cela faisait plusieurs jours qu'il se cachait à l'abri des regards dans une vieille demeure abandonnée et infestée de rats. Ceux-ci ne lui avaient pas permis d'étancher sa soif plus de quelques heures, et l'imprudent qui s'aventurait trop près de son logis de fortune devrait une fois encore en payer le prix par son sang. La bête ne dormait jamais, et il allait de nouveau devoir se rassasier s'il ne voulait pas qu'elle reprenne le dessus sur ses émotions et le mince contrôle qu'il possédait maintenant sur ses bas instincts.

Dirk Valentine lustrait les plaques de son armure Absolom 2022 après avoir huilé les mailles serrées qui les maintenaient entre elles. Il venait de recharger ses boucliers et son casque. Le plein de munitions était fait, et toutes ses armes étaient de nouveau parfaitement fonctionnelles.

Son véhicule était lui aussi tout à fait prêt et l'attendait dehors. Il comptait bien mettre la main sur cette petite voleuse insignifiante qui ne faisait que lui gâcher sa santé mentale depuis trop longtemps.

Il ne pouvait s'empêcher de penser à elle, jour et nuit. La moindre de ses actions était dédiée à sa recherche. Même les quelques amis qui le sollicitaient pour aller voir un match de Kyfball dans les arènes nord se voyaient gentiment éconduire par le tueur à gages, qui n'avait vraiment pas le cœur pour un tel spectacle. No'Eyes adorait pourtant suivre les gladiateurs métalliques se mettre sur la carcasse les uns contre les autres. Mais il devait d'abord régler son honneur et l'affront qu'elle lui avait fait subir avant de pouvoir réellement de nouveau apprécier les tournois actuels, qui devenaient de plus en plus violents. Son obsession grandissante pour cette gamine devait cesser !

Il n'avait toujours pas retrouvé la tanière où se cachait celle qui lui empoisonnait l'existence, mais avait découvert le temple de la Bonté Première. Le refuge où les frères-disciples d'un dieu éléphant nommé Oliopedia s'étaient chargés de son éducation durant ses jeunes années. Les seuls qui devaient encore être en contact avec cette Savannah Wilsey.

L'assassin avait décidé de leur rendre une petite visite et de leur soutirer les informations qui lui manquaient pour mettre la main sur la monte-en-l'air.

Ensuite il pourrait enfin épancher sa colère et sa frustration sur ces idiots et se préparer pour leur face-à-face qu'il imaginait déjà, comme grandiose.

Valentine sourit en ajustant son casque avant d'allumer son affichage rétinien. Les indicateurs étaient tous au vert et il pouvait enfin se mettre en route.

La jeune femme blonde avait toujours les cheveux collés par le sang séché et le sable qui s'était infiltré lors de sa chute. Elle se promit de se couper les mèches trop longues qui lui gâchaient la vie depuis trop longtemps.

En se grattant le crâne de ses doigts crasseux, elle réfléchit aux différentes alternatives qui s'offraient à elle.

Le marais était enfin dans son dos, mais il lui faudrait encore plusieurs heures pour rejoindre son petit nid douillet. Il lui était impossible de reprendre le chemin emprunté à l'aller. Les tyroliennes étaient plus rares dans le sens inverse et elles seraient sans doute trop douloureuses dans son état actuel.

Elle ne voulait pas risquer d'utiliser son dispositif sans avoir effectué un check-up approfondi et risquait de le détériorer davantage, surtout après l'épisode dangereux qu'elle venait de subir.

Savannah Wilsey hésitait à voler un véhicule dans l'un des entrepôts proches de sa position. S'il était trop gardé, elle s'exposait là encore à un plus grand danger qu'une longue marche pénible et forcée.

En ruminant contre elle-même et en continuant de tirer son lourd sac de matériel avec la main qui la faisait le moins souffrir, une idée lui vint soudain à l'esprit : « Et si je rejoignais le temple ? Je suis sûre que le frère-disciple Alaric acceptera de m'héberger une fois encore pour une nuit ou deux. En plus, je suis certaine qu'ils auront un bon ragoût et des antiseptiques gratuits pour me soigner ! »

Sa mine déconfite retrouva une teinte sobrement plus rosée et une petite moue souriante vint lui barrer le visage plein de terre et d'égratignures légères.

« Oui très bonne idée ma petite Sav. Allons rendre visite aux Frères avant de rentrer à la maison ! »

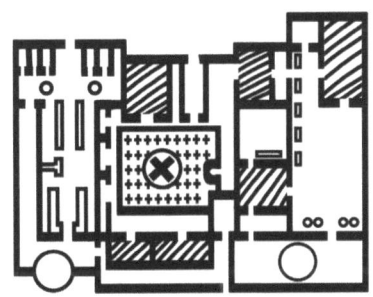

CHAPITRE QUATRE
RETROUVAILLES

Turbo-City, zone 66 quartier nord, 3 mars 2092

Savannah claudiquait depuis des heures en essayant d'échapper aux différents dispositifs de sécurité de la zone 66 du quartier nord.

Elle avait emprunté les artères les moins peuplées pour éviter la foule et les petites rues ou ruelles sombres pour ne pas alerter les patrouilles. La tranquillité et la sûreté régnaient dans cette immense zone dédiée aux multiples édifices religieux et aux sanctuaires de foi. Mais son accoutrement peu orthodoxe et son aspect plus que négligé auraient risqué d'attirer un peu trop l'attention.

Les pauses avaient été fréquentes, afin de lui permettre de souffler un instant et de prendre les dernières capsules énergétiques qu'elle avait glissées dans sa besace avant son départ. Hélas, la plupart avaient disparu dans le sable lors de son atterrissage forcé, et sa gourde d'eau s'était percée elle aussi à l'impact. Il ne lui restait plus rien à présent, mais heureusement la journée arrivait à son terme et le temple de la Bonté Première n'était plus très loin.

Sur place, elle pourrait enfin reprendre des forces et se laisser aller à quelques échanges chaleureux avec Alaric, Ulric et tous les autres.

Dirk Valentine gara sa navette Scorpio DX dans l'une des nombreuses places disponibles dans le parking adjacent le plus proche de l'enceinte du temple de la Bonté Première. Il avait pris la peine de la parquer à l'une des extrémités, près d'une sortie pour pouvoir prendre la fuite plus rapidement si nécessaire.

Il en sortit calmement et enclencha aussitôt le système de sécurité dont elle était équipée. Le véhicule possédait son propre bouclier indépendant et divers systèmes dissuasifs pour rappeler aux voleurs que la tâche serait ardue s'ils décidaient de s'en emparer.

No'Eyes choisit ensuite de camoufler sa propre identité sous un champ holographique sophistiqué qui lui permettrait de passer, comme toujours, incognito. Dissimulé dans une ceinture compartimentée qui contenait divers autres gadgets plus ou moins létaux, ce dispositif acquis par le biais des Sections du Crépuscule lui permettait de garder l'anonymat où qu'il se trouve. Même dans les situations ordinaires de la vie quotidienne où il était nécessaire d'être à l'image de tout le monde, impossible d'apparaître sous son vrai jour. Seule une poignée de personnes connaissait son vrai visage. Son apparence du moment était le plus souvent choisie aléatoirement pour chaque occasion et issue de la base de données des personnes disparues du quatrième crématorium est.

Aujourd'hui, son apparence était en tout point identique à celle du regretté Geoffrey Moore. Un homme de vingt-neuf ans à l'apparence quelconque et passe-partout. Un grand brun très bien coiffé avec la raie sur le côté soigneusement placée, portant une tenue simple, efficace et très propre. Un sourire charmeur et de profonds cernes sous des yeux marron très foncé qui ne permettaient pas de faire la distinction entre l'iris et la pupille. Un ancien vendeur de produits financiers douteux qui avait fini seuls dans une marre de sang près d'un bordel de la soixante-treizième rue nord proche de la frontière avec la zone sud.

Une personne qui allait se fondre parfaitement dans la masse des visiteurs pittoresques et des pèlerins venant au temple pour méditer et prier.

Valentine avait prévu d'y passer les trois ou quatre prochains jours pour repérer les lieux, faire connaissance avec les Frères et essayer d'en apprendre davantage sur leurs protégés – présents, mais surtout passés.

Lorsque la confiance se serait installée, il pourrait passer à la seconde phase de son plan en leur présentant son centre de réinsertion haut de gamme censé aider les jeunes fugueuses et délinquantes prêtes à acquérir un nouveau statut plus stable dans la société.

Il demanderait alors à les rencontrer pour savoir si la possibilité d'en sélectionner quelques-unes serait envisageable. Ensuite il désirerait en apprendre davantage sur d'éventuelles autres postulantes encore en difficulté dans la rue et voudrait accéder aux archives administratives de la communauté.

L'institut de Geoffrey ferait ensuite une donation importante de plusieurs centaines de styks[6], puis, sitôt les informations en sa possession, il ne lui resterait plus qu'à effacer ses traces de manière radicale et définitive.

Il mettrait bientôt la main sur Savannah Wilsey. Il se sentait enfin proche du but, et inspira profondément pour calmer son ardeur et se diriger vers l'entrée du temple.

La jeune femme blonde remercia une fois encore le frère Ulric pour sa gentillesse, alors qu'il venait enfin de finir de l'examiner.

Dès son arrivée, l'aspirant Azrael, un jeune adolescent blond aux cheveux légèrement hérissés et particulièrement enthousiaste à l'idée de la revoir, l'avait longuement serrée dans ses bras avant de l'accompagner voir Ulric.

Il n'avait pas arrêté de lui poser des questions sur le contenu de son sac très lourd, qu'il avait eu du mal à traîner pour elle jusqu'à

---

[6] Le styk est la monnaie unique dans tout Turbo-City. La plupart des transactions financières se font sous forme numérique, mais pour les petites transactions il existe des pièces de fer et d'acier allant de 5 à 100 styks (pour information, un styk permet l'achat d'un verre de Colo-Colo et une prothèse photonique (IA) d'un techno-démolisseur coûte 125 000 styks.)

ce qu'ils arrivent à destination. « Est-ce que tu m'as rapporté un cadeau comme la dernière fois ? Est-ce que c'est encore une machine pour frère Azrik ? Ou bien une offrande pour père Caramon ? »

Samantha l'avait laissé parler malgré son envie de le faire taire, trop fatiguée pour lutter contre sa fougue. Avant de pénétrer dans les quartiers d'Ulric, elle s'était finalement décidée à sortir une petite bille d'agate polie d'une des minuscules poches de son sac pour la lui tendre.

— Tiens, Azrael, pour ta collection. Je crois que je l'ai trouvée dans les marais du delta sud lui avait-elle menti. Elle possédait un grand sac de billes et de boulards de différentes tailles en agate, en verre lustré ou en argile, troqué sur un marché depuis des mois. La voleuse en emportait toujours quelques-uns pour faire plaisir aux enfants.

— Oh merci Sam. On dirait une tigrée.

L'adolescent, tout sourire, sifflota bruyamment, puis l'avait alors quittée en la serrant une fois encore contre lui avant de disparaître en regardant sa nouvelle bille. « Je vais aller la montrer aux autres. Je suis sûr qu'ils vont vouloir la jouer contre un de leurs calots ! »

La jeune femme sourit en se remémorant son arrivée, demandant à l'homme qui se trouvait devant elle : « Alors tout va bien, je survivrai à ma nouvelle chute ? Un peu de crème et je pourrais recommencer ? »

— Oui, il semblerait effectivement qu'une fois encore, tu aies eu de la chance, lui répondit ce dernier. Mais fais attention à toi. La prochaine fois que tu tomberas d'un toit ou de je ne sais où, tu pourrais le regretter et...

— Je sais Ulric, mais vous savez que… Enfin… Hésitant à lui en dire plus, elle préféra changer de sujet en essayant de lui faire son plus beau sourire.

— Et puis je sais que vous serez toujours là pour moi.

— Hummmm… Que tu crois Samantha, mais je me fais vieux… Il soupira en prenant un air inquiet. La maladie me gagne un peu plus chaque jour…

L'homme d'une cinquantaine d'années avait les cheveux grisonnants rasés court. Une longue barbe triangulaire pointait à l'extrémité de son visage fin et fatigué. Il portait une longue bure de laine de couleur beige et des sandales très sommaires. Sa démarche était lente et presque hésitante. Il soupira longuement en s'asseyant sur le fauteuil de rotin usé en face de la jeune femme et posa le long bâton fin qui lui servait aussi bien de canne pour marcher que de bâton pour réprimander les novices ou s'entraîner au combat avec les aspirants.

— Allez, parle-moi plutôt de tes dernières aventures !

— Vous êtes sûr que vous voulez les entendre ? lui demanda-t-elle,, candide, en réajustant sa combinaison sur ses épaules.

— Bien entendu, ma jeune enfant. J'ai remarqué ta toute nouvelle tenue, et ton sac semble beaucoup plus lourd qu'à l'accoutumée, rétorqua le vieil homme en regardant en direction de celui-ci.

— Heu, je ne sais pas trop par où commencer, mais pourquoi pas. Je me doutais que vous voudriez tout savoir, comme toujours. Et je sais aussi que vous n'en parlerez pas aux autres, alors…

— Ne t'inquiète pas pour ça. Tu sais bien que je ne suis pas comme Alaric et…

— Oui, mais vous n'allez pas me croire quand je vous aurai tout raconté.

Le cœur soudain plus léger, incapable de résister à la gentillesse de l'aîné, elle commença à lui raconter les derniers événements qui l'avaient conduite à revenir au temple aujourd'hui.

Deux jours plus tard, Ulric avait déclaré lors du rassemblement du matin que l'une des plus anciennes pensionnaires que la fraternité ait jamais connues était enfin totalement guérie et remise de ses petites blessures. Son départ était déjà acté pour le lendemain.

Lors de ce petit déjeuner frugal où tous étaient rassemblés dans le réfectoire, la nouvelle fut acclamée par un vivat qui réchauffa une fois encore le cœur de la voleuse. Les novices comme les aspirants, qui connaissaient bien la jeune femme chantèrent le *Cantique de sainte-Célestine*, la déesse protectrice des voyageurs, pour lui rappeler qu'elle serait toujours la bienvenue parmi eux.

Ces dernières quarante-huit heures avaient été particulièrement chaleureuses. Tous avaient pris soin d'elle et avaient échangé sur la vie en dehors et à l'intérieur du refuge. Même le grand frère Alaric s'était montré enjoué lors de l'entrevue du soir précédent.

Le grand homme robuste et dans la force de l'âge lui avait parlé d'un certain Geoffrey Moore qui recherchait des candidats pour un nouveau programme de réinsertion.

La jeune femme l'avait remercié de cette attention, mais pour l'heure, elle ne se sentait pas encore prête.

Alaric qui réprouvait sa décision, lui avait signalé que l'individu en question serait présent une dernière fois le lendemain.

Azrik, Bart, Flint et les autres l'avaient aidée à se soigner en échange de quelques parties de Tic-Tac-Toc où elle avait encore perdu quelques billes en sa possession. Le jeune orphelin Jon voulut la consoler en lui proposant de lui prêter pour son prochain voyage son petit ours en peluche qui ne le quittait jamais. Mais Samantha avait décliné son offre en lui promettant de se venger de ses camarades lorsqu'elle reviendrait jouer dans quelques semaines. Et que d'ici là, il devait continuer de protéger son ami Winny pour elle.

Après le repas du soir, son vieil ami médecin l'avait rejointe dans la grande bibliothèque du temple pour échanger une dernière fois avant son départ.

Son ancienne protégée se trouvait au centre de la pièce avec l'intégralité de sa combinaison sur le dos.

Le vieux disciple la regarda les yeux ébahis en la voyant à la clarté du soleil pénétrant par la rotonde à moitié dévastée de l'endroit. Les deux ailes métalliques totalement déployées lui donnaient un air de déesse disparue. Il en resta bouche bée encore quelques secondes avant que Samantha se retourne et lui demande s'il en avait déjà vu d'identiques par le passé.

— Non, crois-moi, je m'en souviendrais.

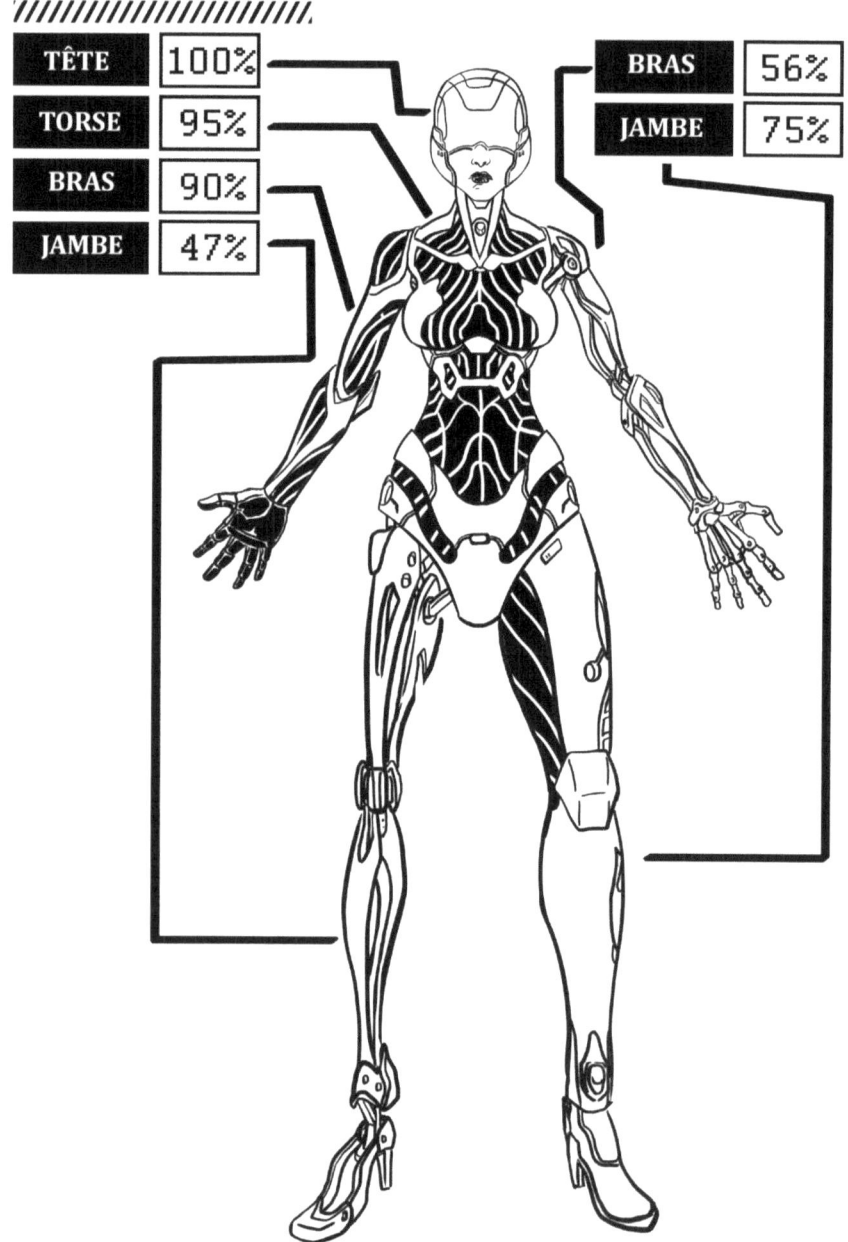

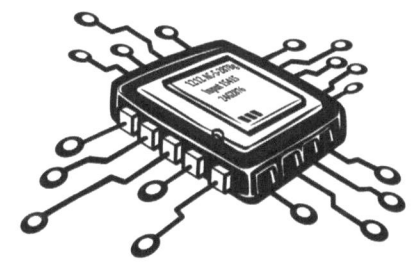

INTERLUDE DEUX
PRÉPARATIFS DE DÉPART

Turbo-City, manoir des Vickers, 3 mars 2092

Niki Vickers regardait l'écran de contrôle en se concentrant sur les diverses manipulations minutieuses et dangereuses qu'elle allait devoir effectuer sur son amie Blue, qui se trouvait allongée sur la table d'opération au milieu du laboratoire.

Elle inspira profondément en demandant à nouveau à l'androïde si tout allait bien.

— Ne vous inquiétez pas miss Niki, j'ai confiance en vous et en père. Et puis il y a aussi Brown qui sera là pour vous aider dans votre tâche.

Le drone polyvalent à l'allure humaine mal dégrossie se tenait effectivement près de la table lui aussi. Il ressemblait davantage à une machine aux traits anguleux comme on en voyait des centaines dans les arènes de la ligue de Kyfball qu'à une IA de dernière génération comme le robot allongé près de lui. Ses capacités robotiques permettraient tout de même de manipuler les instruments et les pièces de métal dans le processus d'amélioration des deux Beginners voulu par la maîtresse du domaine.

La jeune adolescente avait décidé d'adjoindre un syntoniseur de secours à sa garde du corps pour lui permettre de générer davantage d'énergie en cas de besoin lors de son périple en dehors des murs du manoir. Mais ce n'était pas l'essentiel de la transformation de l'androïde, car un casque protecteur était aussi au programme des améliorations à venir, ainsi que l'ajout de nouveaux pistons aux articulations de ses bras et jambes. Le tout pour lui permettre d'être plus véloce et protégée si elle devait faire face à des situations délicates.

Pour sa jumelle Red, qui allait prendre sa place aux côtés de miss Niki lors de son absence, il s'agissait tout simplement de la mettre au niveau de sa sœur tout en ajustant à la baisse ses boucliers pour augmenter ses capacités de références cognitives multiples, défaillantes lors de sa dernière mise en service. Sans oublier, un changement de podes et un nouveau calculateur de combat, toujours pour pallier la future absence de sa doublure dronique.

— Bien. Je te remercie d'accepter ces ajustements, qui seront une première pour moi. L'handicapée tourna son fauteuil vers le visage holographique de son père en lui faisant un signe de tête, marquant le début des opérations.

Elle ne s'était pas aperçue de son échange plein de compassion envers la machine alors que cette dernière initiait son processus de veille pour faciliter les manipulations à venir.

Brown s'avança de la boîte crânienne de son homologue maintenant endormie et alluma le chalumeau contenu dans son index droit pour commencer à découper les plaques de protection en céramite.

À chaque nouvelle dose de sang, il sentait sa psyché se développer de nouveau et ses capacités se décupler, même si ses pensées étaient toujours très floues et que ses grognements rauques restaient identiques à ceux d'une bête.

Sa langue s'insinua entre les viscères encore chauds de sa nouvelle victime : une pauvre fillette à peine à moitié plus grande que lui. Il l'avait trouvée par hasard au détour de sa chasse nocturne dans une vieille bâtisse abandonnée. Uniquement habillée de sous-vêtements et d'une chemise fine, la silhouette chétive aurait bien pu être épargnée si elle avait arrêté de hurler et de tourner en rond dans une pièce d'où montait une odeur pestilentielle. Ses cris avaient alerté ses sens et après une rapide entrée par une fenêtre démolie, le monstre avait trouvé une nouvelle proie pour rassasier sa faim.

Sans comprendre ses gesticulations et ses larmoiements sonores, il avait d'abord scruté la pièce et reniflé les effluves odorants pour s'apercevoir que d'autres corps en décomposition plus ou moins avancée se trouvaient allongés sur des couches noirâtres, et déjà partiellement mangés par divers insectes ou rongeurs plus ou moins gros.

La chair froide ou le sang séché ne l'intéressaient pas. Les aiguilles de verre ou les instruments métalliques éparpillés lui incommodaient les narines, mais la jeune *junkie* dont il allait se repaître valait bien ces désagréments. Il avança doucement vers la gamine qui se retourna en l'entendant entrer.

Un regard vide vint le scruter alors que sa gueule bavait déjà abondamment.

Un sourire émergea de la petite fille aux longs cheveux blonds, plus crasseux encore que les divers pouilleux qu'il avait découverts dans les égouts de la ville.

Elle ouvrit les deux bras vers lui en miaulant quelque chose d'inaudible alors que la forme animale se rapprochait pour se retrouver à quelques centimètres de celle-ci.

La fille effectua un mouvement en avant pour l'enlacer en geignant un mot presque inaudible qu'elle marmonna plusieurs fois : « Amar... Amarant... Amarante... » Des larmes coulèrent sur ses joues creuses et livides alors qu'elle imaginait une gigantesque fleur pourpre légèrement recouverte d'une rosée matinale devant ses yeux.

Sans vraiment comprendre ce geste ou son gémissement, le monstre effectua aussitôt un mouvement de recul sur le côté et sortit ses griffes.

Il tourna légèrement pour les enfoncer prestement dans la chair molle qui s'offrait à lui. Sa main traversa le corps frêle de part en part en s'emmêlant dans les intestins comprimés. Les liquides chauds giclèrent sur les murs et le sol alors que la malheureuse droguée grognait doucement, presque soulagée par son sort, en rendant son dernier soupir.

D'un moulinet de l'autre main, la bête arracha presque d'un seul geste la jambe la plus proche. Le corps bascula sur le parquet en bois moisi et souillé.

Hurlant sa frustration face à une adversaire indigne de lui, il enfonça ses crocs dans le membre chétif enserré dans ses griffes et commença son maigre festin. Le sang de cette dernière avait un goût acide des plus désagréables, qui plus est.

Le monstre s'efforça d'en faire abstraction et reprit avec un semblant de satisfaction en mangeant les organes encore chauds de la pauvre bougresse qui avait fini son existence misérable dans un dernier sursaut de plénitude incompréhensible.

Niki continuait de pianoter sur la console de contrôle reliée à la table où était encore allongée Blue.

Elle soupira sobrement, de longues gouttes de sueur perlant sur son front ou ses cheveux humides, démontrant à quel point la jeune adolescente avait longuement travaillé dans le laboratoire. Il en émanait une odeur de métal chauffé, et la température avait bien grimpé depuis le début des opérations menées sur les deux androïdes qui étaient allongés devant elle.

En regardant le visage toujours aussi bienveillant de l'hologramme de son père qui lui fit un signe de tête positif pour lui signaler que tout était prêt, elle appuya sur le contrôle de redémarrage de son amie métallique, non sans une appréhension qu'elle seule pouvait percevoir vraiment.

Plusieurs cliquetis se firent entendre et les longues tubulures incrustées dans le crâne des drones tombèrent sur le sol d'acier. Les deux tables pivotèrent verticalement d'environ soixante degrés. Simultanément, les attaches magnétiques au niveau des chevilles et des poignets relâchèrent leur étreinte.

Le visage tendu, la propriétaire des lieux demanda la sortie de veille de son amie Bee.

Cette dernière ouvrit ses yeux dorés une fraction de seconde plus tard.

Sans plus attendre, l'adolescente lui demanda si tout allait bien.

— Affirmatif mademoiselle, lui répondit le drone sur un ton neutre.

Prise de panique à l'entendre ainsi lui répondre d'une voix monocorde, elle ouvrit de grands yeux inquiets en direction de son père, qui semblait amusé et plus souriant qu'à l'accoutumée. Ce qui rajouta encore à son stress d'avoir réalisé de mauvaises manipulations durant son intervention.

— Je plaisantais, renchérit Blue en lui souriant à son tour, se relevant pour se mettre debout.
— Tu... tu... tu plaisantais ?... marmonna Niki.
— Oui, mademoiselle. L'opération s'est parfaitement déroulée, et je sens que le syntoniseur d'émotions fait déjà son effet sur mes protocoles principaux.

Le robot vint poser une main compatissante sur l'épaule de sa protégée, qui la regardait d'un air perplexe et désabusé.

De nouvelles plaques chitineuses venaient de se former dans le creux des lombaires dorsales du monstre qui se tordait de douleur sur le sol spongieux sur lequel il se trouvait.

Ses sens lui faisaient défaut depuis qu'il avait quitté la bâtisse insalubre dans laquelle il s'était repu d'une jeune toxicomane adepte de méta-endorphine de synthèse baptisée « Crystal Frost ».

La bête avait déambulé au hasard dans les ruelles les plus proches pour s'éloigner progressivement du bloc d'habitations dans lequel elle se trouvait. Continuant sa marche sans but précis, elle avait dépassé les délimitations d'un ancien parc zoologique laissé à l'abandon depuis des décennies. Son chemin s'arrêta brutalement lorsqu'elle roula de fatigue dans un ancien tunnel d'épandage devenu obsolète.

La mousse et les champignons florissants croupissaient dans l'eau stagnante depuis des lustres, quand une forme plus grande émergea non loin de l'animal meurtri.

De légers clapotis se firent entendre dans cette direction, alors que des secousses plus importantes vinrent réveiller la monstruosité endormie. Écarquillant les yeux à leur maximum dans la direction des bruits entendus, il aperçut un animal étrange au museau triangulaire, d'où dépassait une large dent, s'avancer dans sa direction. Un corps allongé, recouvert de cuir craquelé et une longue queue crêtée, des yeux, des narines et des oreilles qui sortaient à peine de l'eau le scrutaient à mesure qu'ils se rapprochaient à vive allure dans le cloaque.

Grognant sa fureur en essayant de se remettre sur ses pattes, l'animal aux couleurs pourpres distingua plus nettement l'ennemi qui se profilait vers lui. D'une taille de plusieurs mètres d'envergure, le reptile fondait rapidement sur sa proie, qui n'était autre que lui.

Hurlant sa rage en bombant le torse pour montrer sa puissance et sa détermination face à son adversaire, il sentait bien que ses capacités étaient encore tronquées.

Quelques secondes plus tard, le long crocodile percuta de plein fouet son rival venu perturber la quiétude de son territoire. En poussant simultanément sur ses quatre pattes, le reptile propulsa ses centaines de kilos contre la masse devant lui.

Il n'en fallut pas plus pour que cette dernière soit propulsée sur plusieurs mètres en arrière et retombe lourdement dans un fracas sourd sur plusieurs tonneaux en plastique qui explosèrent sous l'impact, déversant un liquide huileux fort odorant par la même occasion.

Le long lézard courait déjà sur sa proie tandis que cette dernière rugit en se remettant mollement sur ses jambes arquées. S'efforçant d'oublier la douleur dans ses côtes, le monstre ne fut pas assez rapide pour éviter la gueule ouverte du crocodile qui se referma sur son membre inférieur gauche.

Criant sa fureur d'un son strident, le molosse tenta de planter instinctivement ses griffes dans l'animal qui bougeait déjà sa tête en de légers mouvements brusques pour déchiqueter davantage sa prise.

Sans se préoccuper du traitement infligé par les griffes dans sa peau tannée, son adversaire continua de lacérer sa chair et ses muscles en le faisant tomber au sol pour commencer à tourner sur lui-même, effectuant des mouvements de queue pour l'aider dans son entreprise.

Heureusement pour lui, l'animal glissa sur le sol imbibé d'huile et dut relâcher son emprise pour essayer de se remettre sur le ventre.

Il ne lui fallut que quelques secondes pour y parvenir, mais cela fut suffisant pour que la forme écarlate recule en claudiquant sur plusieurs mètres.

Le regard des deux bêtes féroces se croisa. Elles jaugèrent la situation par instinct, et le crocodile hésita un instant alors que le goût du sang égayait les papilles de sa longue langue râpeuse.

Un bref moment d'hésitation qui lui fut fatal alors que son rival fit un bond de plusieurs mètres de haut en se roulant en boule, repliant ses membres inférieurs sur son torse. Ses deux bras les empoignèrent de chaque côté, et il tourna une fois sur lui-même avant de s'écraser rudement sur le crâne du monstre reptilien.

Le cuir céda prestement et les chairs éclatèrent de toutes parts lorsque les os se brisèrent sous l'impact brutal.

Le chasseur était tombé en une fraction de seconde sans pouvoir réagir.

Le chassé hurla sa souffrance en s'affalant de tout son long sur son adversaire vaincu péniblement.

La jeune handicapée avait toujours un peu de mal à comprendre ce qu'elle ressentait envers la « nouvelle » Blue.

Les tests de calibrage et de diagnostic n'avaient décelé aucune erreur, mais un changement était palpable chez le drone.

— Est-ce que tout va bien miss Niki ? demanda ce dernier alors qu'elle testait les nouvelles capacités de son enveloppe synthétique couplée à un générateur holographique capable de lui donner une apparence humaine sur une période limitée.
— Oui, bien sûr, ne t'inquiète pas Bee. Il est maintenant temps de réveiller ta sœur à présent que nous savons que tout a parfaitement fonctionné pour toi.
— Vous avez raison. J'ai hâte de tester avec elle mes nouveaux analyseurs de coups et de garde.
— Ah oui, vraiment ? s'étonna l'adolescente.
— Oui. Je ne veux pas vous décevoir lorsque je serai partie loin d'ici, et je veux être certaine que Red sera à la hauteur pour vous protéger et vous accompagner comme je l'aurais fait.
— Merci Bee, répondit simplement la dernière descendante des Vickers alors qu'elle sentait déjà l'absence de l'androïde lui peser sur les épaules.

Le monstre se réveilla plusieurs heures plus tard, toujours allongé sur le cadavre de son adversaire féroce et tenace.

Son membre inférieur était toujours très douloureux, mais il avait cicatrisé durant son sommeil.

De nouvelles protubérances osseuses avaient aussi repoussé le long du genou, et une longue bande de sang séché recouvrait son torse meurtri.

En se remettant difficilement debout, il regarda le crocodile gigantesque à ses pieds et comprit que ce dernier avait vaincu son premier antagoniste vraiment redoutable et dangereux depuis son réveil.

Cela le réconforta de s'en être tiré dans la difficulté et d'avoir enfin pu goûter à l'exaltation d'un combat intense, mais encore trop court à son goût.

Il poussa un cri strident en se penchant vers l'avant, griffes sorties et mâchoire grande ouverte, pour se repaître goulûment de la chair froide du reptile.

Le réveil de Red s'était tout aussi bien déroulé que celui de sa jumelle dronique, et les essais avaient perduré une longue partie de la nuit entre les deux androïdes.

La maîtresse des lieux avait accepté de prendre un frugal repas de fruits secs et de boire une boisson énergisante à base de plantes cultivées dans le potager d'une des fermes du domaine extérieur. Le tout en *checkant* une nouvelle fois les données enregistrées par son père durant les tests effectués sur les deux Beginners. Sans avoir trouvé la moindre anomalie, son corps lui avait rappelé sa fragile condition physique et elle avait fini par accepter de rejoindre sa chambre, exténuée, pour y dormir quelques heures.

À son réveil, les préparatifs du départ de Blue s'étaient nettement accélérés.

Le moment des dernières consignes enregistrées par le drone et de l'au revoir avait alors sonné.

— Bee, tu resteras en contact permanent avec père et…
— Je sais déjà tout cela miss Niki. Faites-moi confiance, tout se passera bien, je reviendrai rapidement vers vous avec ma mission accomplie, comme vous me l'avez demandé déjà quatorze fois.
— Quatorze fois ? répéta vaguement la jeune fille, en regardant son drone directement dans ses yeux dorés.
— Oui, c'est bien cela, quatorze fois, lui répondit sur un ton chaleureux ce dernier en souriant légèrement.
— Bien, je te fais confiance conclut-elle alors qu'une main ferme venait se poser sur son épaule droite.

La jumelle de Blue regarda elle aussi l'androïde droit dans les yeux, mais son regard rouge était beaucoup moins expressif que sa sœur.

Sans dire un mot de plus, l'ancienne protectrice de Niki Vickers s'agenouilla pour prendre un instant la main de cette dernière en hochant la tête dans une révérence bienveillante avant de se relever pour tourner les talons en direction de l'entrée du manoir.

« Adieu mon amie », balbutia la jeune humaine, sur le point de sangloter, en regardant le robot disparaître au loin…

CHAPITRE CINQ
DÉTONATIONS

Turbo-City, temple de la Bonté Première, 7 mars 2092

Savannah Wilsey venait d'entrer dans le temple au centre duquel trônait une gigantesque statue d'éléphant. Tout en marbre poli, il s'agissait de l'un des rares vestiges des siècles précédents à avoir survécu au sein de l'immense monastère. L'animal n'avait pas pu protéger l'autre statue qui lui faisait face et qui était celle de sainte-Célestine dans toute sa splendeur, selon Ulric. Seuls les deux pieds féminins ornés de sandales fines existaient encore pour en attester. Mais rien n'indiquait la véritable identité de celle à qui ils appartenaient. Pourtant Ulric en était persuadé, Célestine ordonnait à son serviteur pachyderme de l'emmener sur les routes pour y prêcher la bonne parole et éclairer la vie des hommes et des femmes qui croisaient son chemin.

Au vu de l'éléphant et des sandales de guerrière, rien n'était moins sûr, mais Savannah n'avait jamais osé contredire son mentor à ce sujet.

Après avoir fait un signe de tête à chacun des autres érudits présents dans la salle de prière, elle s'agenouilla à même le sol près des vestiges anciens et ferma les yeux pour méditer une dernière fois avant de reprendre la route, lorsque les premières lueurs du jour pointeraient au travers du dôme de la ville.

La voleuse hésitait quant à savoir si elle devrait rejoindre son chez-soi pour y reprendre encore un peu de forces et se ravitailler en matériel, ou se rendre directement dans l'un des blocs à la périphérie du quartier nord de la ville pour essayer de pénétrer dans l'une des tours sécurisées de ses riches propriétaires. Son rêve devenait enfin réalisable grâce à son nouvel équipement high-tech, et pour une première, la jeune femme avait choisi de ne pas frapper trop fort en sélectionnant un immeuble d'une équipe mineure d'une ligue de Kyfball de division inférieure. « Histoire de ne pas risquer trop gros pour commencer », marmonna-t-elle doucement en souriant discrètement.

Une réprobation se fit entendre du fond de la salle et Savannah s'excusa en rougissant et en baissant la tête.

L'instant d'après , elle releva la tête d'un mouvement sec et rapide lorsqu'une déflagration tonitruante se fit entendre à l'extérieur de la bâtisse. Suivie d'une deuxième, puis d'une troisième presque simultanément.

Se relevant rapidement, presque à l'unisson de ses camarades présents dans le temple, elle regarda alentour en s'interrogeant sur la nature des explosions lorsqu'une nouvelle détonation, bien plus proche que les précédentes, se fit entendre.

Ramassant sa petite sacoche à ses pieds, elle se précipita instinctivement vers le dojo, où devaient se trouver son mentor et la plupart des aspirants en pleine séance d'entraînement.

Dirk Valentine sourit alors qu'il venait de fracasser le crâne de l'adolescent avec le revers de la crosse de son Railgun à plasma modèle HL6. Ce dernier avait tenté de s'interposer en voyant un individu à l'armure imposante poser une nouvelle charge explosive sur la chaudière du bâtiment central. Sans vraiment comprendre pourquoi ni comment l'homme était présent, il s'était précipité vers lui simplement muni d'un balai à franges. Après avoir entendu les diverses explosions éclater dans l'ensemble des baraquements, Jason, un aspirant de corvée de nettoyage ce matin-là, avait délaissé son ouvrage pour remonter à l'air libre. Malheureusement pour lui, en chemin, il avait croisé le tueur à gages en train de parachever son ouvrage. Sa mort brutale et instantanée signait une fin définitive à sa courte existence, stable et quelconque.

No'Eyes regarda son arme maculée de sang en grognant. Avançant déjà vers une autre machine, il posa le dernier dispositif explosif qu'il avait encore dans son sac à bandoulières maintenant complètement vide. Il le jeta au sol en chargeant ensuite son arme fétiche pour se diriger vers l'escalier le plus proche. Son plan avait parfaitement fonctionné ses derniers jours et il tiendrait enfin sa vengeance dans les minutes qui allaient suivre. Savannah Wilsey allait payer pour les affronts subis, et ses misérables camarades fanatiques périraient tous avant elle.

Lorsqu'elle rejoignit le seuil du temple, le spectacle ébranla la jeune cambrioleuse. Les divers bâtiments devant elle étaient tous en flammes ou à moitié détruits. Un déchaînement d'horreur s'abattait devant ses yeux, sans qu'elle n'en comprenne ni le sens ni le but. Un mouvement de panique avait gagné l'ensemble des personnes présentes, qui couraient dans tous les sens. Les visiteurs s'étaient précipités en masse vers les sorties, alors que les érudits essayaient de porter secours à leurs compagnons blessés. Une partie d'entre eux encore sous le choc, s'organisaient pourtant déjà pour éteindre les multiples départs de flammes.

Savannah resta figée de longues secondes en regardant cette scène, alors qu'une nouvelle détonation se manifesta en direction du dojo.

Une longue masse venait d'en sortir. Une longue décharge teintée de bleu sortit de l'arme qu'elle tenait à la main, et vint transpercer la silhouette d'un jeune garçon.

Ce dernier s'écroula dans un bruit sourd, un trou béant au milieu de son thorax perforé. Il lâcha aussitôt le petit ourson en peluche qu'il tenait dans ses mains.

CHAPITRE SIX
DÉLIVRANCE

Turbo-City, temple de la Bonté Première, 7 mars 2092

Savannah hurla toute sa rage en voyant le corps sans vie de Jon s'affaler dans le sable de la cour intérieure du temple. Lâchant son sac, elle faillit arracher le mousqueton maintenant la double griffe accrochée à sa ceinture pour l'enfiler à sa main gauche.

La silhouette regarda dans sa direction alors qu'elle continuait de tirer sur les différentes personnes courant dans toutes les directions. La voleuse put percevoir, depuis le perron où elle se trouvait, que l'homme en armure qui se rapprochait d'elle à pas lents prenait un grand plaisir à sa fusillade meurtrière.

Soudain, le petit bâtiment derrière lui éclata violemment dans un bruit de fureur en projetant des fragments incandescents à travers toute la grande place centrale.

Sans broncher, Dirk Valentine jubilait intérieurement alors qu'il voyait enfin devant lui la petite pucelle misérable hurlant sa haine envers ses dernières actions explosives.

Il continua de déverser son feu destructeur sur les pauvres bougres qui se lançaient à l'attaque contre lui.

Finalement, il s'arrêta lorsque son arme énergétique fut en surchauffe complète et devait refroidir avant de pouvoir de nouveau déverser son plasma assassin.

Arrivé à hauteur de l'ourson en peluche de Jon qu'il ramassa d'une main nonchalante, Valentine fit une halte pour regarder son œuvre magistrale autour de lui, et ressentir sa jouissance intérieure devant une telle beauté.

Le tueur n'était plus qu'à une dizaine de mètres de la jeune femme blonde qui dévalait les dernières marches de l'escalier circulaire lorsqu'il se décida à libérer les deux lames triangulaires en acier trempé qui se trouvaient sous les plaques de céramite de ses avant-bras.

Finalement arrivée en bas des marches, Savannah put apercevoir le colosse en armure à quelques mètres devant ses yeux. Il arracha la tête de la peluche d'un geste brusque et jeta le reste de l'ourson au visage larmoyant de son ennemie en ricanant grassement. Elle ne put éviter le projectile qui retomba doucement au sol, tandis que la jeune femme fut rejointe par Ulric dans son dos.

Ce dernier prit la parole en passant devant elle en prenant une posture défensive, son bâton bien ancré dans ses doigts calleux.

— Reprends tes ailes et sauve-toi jeune Célestine. Rends-nous fiers à l'avenir, et n'oublie pas tes camarades tombés aujourd'hui.

— Mais maître ?...

— Obéis-moi une dernière fois, petit épervier, lui sourit-il d'un œil malicieux.

L'assassin s'amusa de la situation et se rapprocha un peu plus de ses deux adversaires.

— Cela ne servira à rien, vieux fou, ton élève va mourir aujourd'hui. Comme tous tes compagnons. Et aucune aile ne la sauvera, ricana No'Eyes.

La jeune femme hésita un instant en regardant son maître, le visage serein, plein de compassion, hochant la tête dans sa direction. Une longue larme coula le long de la joue de la jeune femme qui salua son mentor d'un geste de la main avant de tourner les talons pour reprendre l'ascension du long escalier.

— Adieu maître, je vous promets de vous rendre fier.

Ulric sourit alors qu'il parait déjà la première lame de Valentine, qui percutait son bâton la seconde suivante.

Dirk Valentine jeta au loin son casque brisé en crachant un long jet de sang au sol. Le combat avec le vieillard avait été âpre et intense. Il transpirait à grosses gouttes dans son armure protectrice, qui venait de lui sauver la vie à plusieurs reprises lors des dernières minutes. Bien qu'affaibli, son adversaire avait été un combattant d'exception comme il n'en avait jamais rencontré. Hélas pour lui, les gadgets modernes auxquels il avait dû faire face étaient supérieurs à sa technique et à sa hargne.

Le tueur à gages était heureux de s'en être sorti sans trop d'égratignures. Le visage grimaçant, les traits tirés avec ses cheveux noirs attachés vers l'arrière, cela faisait bien longtemps qu'il n'avait pas ressenti l'air frais sur ses joues creuses.

Essoufflé, Valentine commença à monter les marches de l'escalier sans se soucier des cris persistants autour de lui. Le feu continuait de faire son œuvre sur la majorité des bâtiments ravagés, dont certains n'étaient déjà plus que ruines.

Il sortit un mini-kit d'adrénaline d'un compartiment à sa ceinture et se l'injecta directement dans sa veine jugulaire externe droite. Les effets de la piqûre furent immédiats, et son corps ne ressentait déjà plus les effets du combat livré.

L'assassin, souriant et confiant, allait maintenant pouvoir terminer sa mission et en finir une bonne fois pour toutes avec la petite catin.

Savannah Wilsey s'était précipitée en haut de l'escalier circulaire en essayant d'oublier l'affrontement derrière elle, dont l'issue lui paraissait inévitable. Les yeux embués par les larmes, elle arriva finalement devant son petit sac pour le ramasser à la hâte et entrer dans le temple devenu désert.

Ulric lui avait demandé de cacher son matériel sous la statue détruite de Célestine où se trouvait une petite salle servant à préparer les offices. On pouvait y trouver les livres de prières, mais aussi un nombre incalculable de bougies de toutes tailles et de toutes formes prêtes à l'emploi sur de nombreuses étagères. Quelques toges sur des paternes et diverses reliques de plus ou moins grande valeur étaient aussi disposées sur la seule table présente au fond de la pièce péniblement éclairée par quelques torches rudimentaires accrochées de chaque côté de l'entrée. La jeune femme retrouva son bien derrière une longue pile de bâtonnets en cire.

Elle s'en empara rapidement pour remonter aussitôt, sans s'apercevoir de la petite forme blottie et tremblante dans le coin opposé. L'enfant qui chérissait un objet métallique ovale au creux de ses mains ne bougea pas, ni ne dit un mot en la regardant faire.

De retour dans l'immense salle du temple, Savannah finit d'ouvrir son grand sac, à moitié dézippé, pour en sortir ses précieuses ailes repliées.

Au même moment, une ombre se dessina dans l'embrasure de la double porte. Espérant un miracle en relevant la tête, la voleuse aperçut péniblement la silhouette du meurtrier de ses amis s'avancer vers elle d'une démarche assurée.

Contenant son chagrin et sa rage, la monte-en-l'air se remit debout juste à temps pour parer de sa double griffe les deux lames triangulaires de son adversaire. L'une d'entre elles se brisa sous l'impact violent.

Elle poussa de toutes ses forces sur la seconde pour le faire reculer. En vain. Il recommença une seconde attaque du même type avec son autre lame, mais ses réflexes aguerris lui permirent d'esquiver en effectuant un petit bond vers l'arrière.

— Ne résiste pas, petite. Ton maître est mort et tu vas le rejoindre rapidement, lui lança l'inconnu, dont les motivations lui étaient totalement obscures.

Sans répondre, elle se rua vers l'étranger avec toute la rage et la fougue qui la caractérisaient.

Le tueur professionnel esquiva à son tour aisément le coup direct en faisant un pas de côté, pour abattre ensuite son coude dans le dos de la jeune femme blonde bien plus petite que lui.

Encaissant le choc en serrant les dents, la voleuse n'eut pas le temps de se retourner complètement qu'elle reçut un coup de pied circulaire dans les côtes, la projetant plusieurs mètres en arrière.

Le jeune enfant qui s'était caché à l'abri jusque-là sortit la tête de sa position dans l'escalier de pierre. Tremblotant en voyant son amie se battre contre ce géant de fer, le gamin hésitait à sortir de sa cachette pour lui venir en aide.

Dirk Valentine s'acharna plusieurs fois en lui assénant plusieurs crochets au visage et au thorax, qui mirent à mal son ennemie. Il finit par un lourd uppercut qui projeta cette dernière en l'air avant de retomber lourdement sur le sol en pierre. Non loin de là, une forme féminine émergea des colonnes proches de l'entrée du temple.

Savannah ressentait de vives douleurs sur tout son corps alors que du sang commençait à perler à la commissure de ses lèvres. Ayant du mal à respirer, la vision un peu brouillée, elle vit l'homme en armure reprendre en main son long fusil pour la mettre en joue tout en souriant à grandes dents.

— Il est maintenant temps que tu paies pour l'affront que tu m'as fait subir, sale petite traînée !

Interloquée, toujours perplexe quant aux motivations de l'assassin et trop fatiguée pour pouvoir répondre, la cambrioleuse sentait sa formidable chance finalement l'abandonner en ce lieu où elle avait passé tant d'heures à rêver d'autres ailleurs.

Valentine arma son flingue et laissa crépiter un instant l'arc de plasma électrique dans la gueule de dragon customisée qui servait de canon au fusil. Savourant l'instant, tellement espéré depuis des semaines, il appuya sur la gâchette pour libérer la fureur vengeresse de son arme.

Son adversaire ferma les yeux en psalmodiant une dernière pensée pour son mentor : « Pardonnez-moi Ulric... »

Rien ne se passa. Les secondes s'écoulèrent. Savannah hésita à rouvrir les yeux. Les rafales de son adversaire résonnaient dans l'immense salle circulaire, et pourtant elle respirait encore.

Se décidant finalement, elle aperçut une silhouette métallique postée en position défensive à ses pieds, les deux bras croisés pour former un bouclier énergétique faisant barrage aux tirs.

L'homme en armure hurla sa rage en jetant au loin son arme maintenant déchargée alors que l'androïde se relevait déjà pour empoigner l'un des deux sabres disponibles dans son dos. Sans attendre davantage, le robot se rua à pleine vitesse vers Valentine, qui para difficilement cette première attaque avec son avant-bras.

La céramite de son armure se brisa sous le choc de la lame, et il recula à chacune des nouvelles frappes circulaires de sa nouvelle adversaire.

Rapidement acculé, il actionna le champ réfractaire de son armure pour la repousser sur plusieurs mètres en arrière. Essayant de reprendre son souffle, il n'eut pas le temps de voir le gamin sortir de sa cachette pour courir vers lui à toutes jambes.

Ce dernier s'agrippa à son mollet comme un vulgaire insecte en criant : « T'as tué Winny et t'as fait un gros trou à Kenny ! »

Ayant suivi toute la scène, Savannah Wilsey tenta de courir vers le jeune garçon. Mais elle fut stoppée dans son élan par le drone qui s'interposa en lui faisant un signe de tête négatif : « C'est trop tard, il a déjà enclenché sa grenade. »

La monte-en-l'air regarda vers l'enfant tenant le tueur d'une main ferme pour hurler le nom de «Jon, nonnnn !!! »

L'instant d'après une déflagration éclata violemment, le faisant disparaître avec son ennemi qui écarquilla les yeux sans un mot.

ÉPILOGUE
PREMIER ENVOL

Turbo-City, manoir des Vickers, 8 mars 2092

La jeune Niki Vickers avait suivi toute la séquence à travers les yeux de Blue. Elle aurait du mal à oublier cette tragédie et, cela la hanterait durant les longues nuits à venir.

La liaison avec le drone s'était coupée quelques secondes plus tard, et l'adolescente espérait déjà qu'il ne s'agissait que d'une rupture due à l'explosion.

— Ne vous inquiétez pas maîtresse Vickers, ma sœur Blue va très bien, et elle va accomplir la mission que vous lui avez confiée.

L'handicapée essaya de sourire à Red pour masquer son appréhension, et la remercia promptement avant d'ordonner à son père de tout faire pour rétablir au plus vite la communication.

Les dernières heures avaient été très tendues pour la jeune femme, occupée à aider son amie à traquer péniblement la mystérieuse voleuse avec qui elle entretenait depuis peu des liens étranges.

— Les choses ne devaient pas se passer comme ça. Mon anniversaire aura lieu dans quelques jours, et je voulais avoir Bee à mes côtés. Quant à cette voleuse... Je suis sûre qu'elle n'a pas fini de... Argghh !...

Niki prit le verre d'eau posé sur l'accoudoir gauche de son fauteuil et le balança contre le mur le plus proche pour mieux faire passer sa frustration.

— Lieutenant Flint, nous avons retrouvé l'un de nos exécuteurs dans les décombres du bâtiment principal.

L'officier des forces de sécurité des Sections du Crépuscule se retourna pour faire face à son second en armure légère. Un homme longiligne dans la quarantaine qui était au côté de son officier depuis plus de cinq longues années. Ce dernier, à l'inverse de son subalterne, était un homme au regard vif, d'une trentaine d'années, petit et trapu, à la musculature sportive parfaite.

— Comment cela est-il possible, sergent Cooper ? Aucune mission n'était prévue ici. Ou ne suis-je pas au courant de quelque chose que le capitaine Pulsar aurait ordonné ?

— Je ne pense pas, mon lieutenant. L'endroit dans lequel nous l'avons trouvé n'était pas l'un des lieux de culte surveillés par nos services.

— Alors comment pouvez-vous m'expliquer ce terrible carnage, sergent ?

— Je ne saurais l'expliquer...

Les deux hommes effectuèrent simultanément un balayage visuel circulaire de la grande place du temple de la Bonté Première, pour ne voir que débris de bâtiments calcinés et cadavres des frères-disciples de tous les âges.

— Il ne reste qu'une poignée de survivants. L'un d'eux, un dénommé Alaric, a demandé à vous parler.

— Très bien, je le verrai quand nos équipes auront apporté la première aide à ces malheureux. Mais dites-moi, Cooper, quel est le nom de notre exécuteur ?

— Dirk Valentine, mon lieutenant. Mais il ne reste plus grand-chose du bougre. Il...

— Un sarcophage dronique est-il envisageable ?

— Probablement, acquiesça le sous-officier.

— Parfait, cela nous sera certainement très utile, reprit finalement le plus petit des deux hommes avant de se diriger vers un long baraquement encore fumant, les yeux emplis de détermination.

Le monstre escalada la rambarde avant de reprendre son ascension, jusqu'à se retrouver en une poignée de secondes sur le toit d'un ancien relais de communication laissé à l'abandon depuis des années. Il déambulait sans but précis depuis son dernier combat qui l'avait laissé meurtri.

Il huma l'air en se relevant de tout son long, grognant de petits cris gutturaux difficilement compréhensibles. Son esprit essayait de communiquer avec le monde extérieur. Sans succès.

Pourtant, la bête renifla soudain une odeur familière, presque imperceptible. Cette senteur de roussi dégageait aussi un parfum acétique qu'il n'avait pas perçu depuis l'évasion de sa prison de verre.

Il rugit plus ardemment en cognant ses deux poings sur son torse, avant de sauter de son perchoir pour se lancer à la poursuite de cet effluve enivrant.

Savannah Wilsey continuait de courir à perdre haleine à la suite du drone qui lui avait sauvé la vie. Elle ne comprenait toujours pas ce qui venait de se passer depuis l'aube de cette journée maudite, mais il lui semblait impossible de ne pas emboîter le pas à cette merveille de technologie. Celle-ci ne lui avait donné que son nom, « Blue », avant de lui ramasser ses affaires tout en lui indiquant le passage à suivre pour sortir sans encombre du temple. Sa sauveuse l'avait portée à bout de bras pendant les premières minutes de leur fuite, avant de lui administrer divers produits à l'aide de plusieurs injections sous-cutanées lors d'une courte pause. Depuis, la voleuse, un brin requinquée, courait derrière l'androïde en essayant de ne pas se faire distancer.

Soudain, au détour d'une petite ruelle peu fréquentée, le drone fit une halte en l'attendant. Arrivée à sa hauteur, posant une main sur un léger muret en pierre, elle put enfin reprendre son souffle et lui poser la première question qui lui taraudait l'esprit depuis quelques heures.

— Pourquoi ?... Pourquoi tout ça ?

— Nous n'avons pas le temps pour les questions miss Wilsey, lui répondit le robot en la regardant droit dans les yeux.

Un instant déstabilisée par le regard doré qui lui faisait face, la jeune femme blonde ne put s'empêcher de renchérir.

— Miss Wilsey ? Comment savez-vous...

— Nous n'avons vraiment pas le temps pour vos interrogations. Les Sections du Crépuscule doivent déjà être à notre recherche. Nous devons rejoindre l'une des fermes extérieures du domaine de ma maîtresse.

— Une ferme extérieure ? continua l'humaine en comprenant de moins en moins ce que lui racontait son interlocutrice.

— Tout à fait, il nous faut quitter Turbo-City si nous voulons leur échapper et mettre au point notre retour vers le manoir.

— Sortir de la ville ?...

— Oui, et nous aurons besoin de vos ailes pour y parvenir, jeune Célestine !

Prochainement
ÉPISODE TROIS : PREMIÈRE SORTIE